恋人は嘘を吐く

SHIIRA GOU

剛しいら

CHOCOLAT BUNKO

ILLUSTRATION 亜樹良のりかず

CONTENTS

白しか色のない部屋。出入りしているのは、白い服を着た人々。色がない。

目覚めて真っ先に思ったのは、そんなことだった。

頭上で白い服の人達が何か話し合っている。けれど聞こえてくる言葉は意味が分からず、ただの雑音《ざつおん》でしかなかった。

何か話そうとしたが、言葉が出て来ない。そうしているうちに、また意識を失ってしまった。

どれくらい意識を失っていたのかも分からない。次に目覚めたときには、見知らぬ男がベッドの側《そば》に座っていて、横たわる姿を見下ろしていた。

男は白い服じゃない。黒っぽいスーツで、ネクタイには色がある。

紺地《こんじ》に赤の水玉。それだけは妙にはっきりと認識出来たのに、どうしてここに自分がいるのかがよく分からない。

いや、それどころではなかった。

自分が誰なのかすら、思い出せなかったのだ。

「有利《ゆうり》、目が覚めたのか？」

「……」

男の声ははっきり聞こえた。どうやら名前を呼ばれたらしいが、それが自分のものかどうかが分からない。

「ドクターを呼ぶから」

男はベッドの側にある機械のボタンを押す。すると声が聞こえてきた。

『どうなさいました？』

「目が覚めたみたいです」

目が覚めたにしては、現実感がない。もしかしたら夢を見ているのだろうか。それとも、死んでいるのではないか。そんな気もしたが、首をゆっくり左右に振ることが出来たので、やはりこれは現実だと思えた。

白い服の一団がやってきて、体を弄《いじ》られる。その間にいろいろと質問もされたが、すべてに答えることが出来なかった。

「蘭《あららぎ》有利さん、それがあなたの名前です」

白い服の中のリーダーらしき男が、胸元に触れながら言ってくる。

「心臓の手術をしましたが、その際の麻酔《ますい》の後遺症《こういしょう》で、記憶の混乱が起こっているようですね」

「……あっ……」

　やっと掠《かす》れた声が出た。すると白い服のリーダーが手を握ってくる。

「私が担当医の滝本《たきもと》です。もう何も心配することはありませんよ。すぐに元の生活に戻れますから」

「あ、あららぎ……ゆうり？」

「そう、そうです。処置《しょち》や投薬《とうやく》の度《たび》に、何度もお名前を確認することになりますが、それが病院の規則ですから」

　そうか、自分は蘭 有利という名前なのかと、とりあえずは納得した。

　記憶はないが、名前というものがどんな役割をしているのかは知っている。落ち着いてくると、白い服の一団が医師と看護師だというのも思い出した。

　そしてここが病院で、自分の左胸に傷跡があることから、どうやら心臓の手術をしたのだというのも理解してきた。

　だが一番肝心《かんじん》の自分についてが何一つ思い出せない。

　記憶が何もないから、ただ目の前にあるものが、そのままの姿でただ見えているだけだ。そこには何の感慨《かんがい》もないし、思い出に繋《つな》がることもなかった。

　診察が終わると、医師と看護師は出て行った。けれどスーツの男だけは出て行かず、また椅子《いす》に座って有利のことをじっと見つめている。

いったい誰なのだろう。身内だろうか。兄弟とか、従兄弟《いとこ》に思えるが、もしかしたら自分の息子かもしれない。何しろ名前は教えられたが、自分の年齢すら知らないままなのだ。

こんな成人した息子がいるような年齢の男かもしれないではないか。

男は三十代の前半ぐらいに見える。落ち着いている雰囲気《ふんいき》だからそう思ったが、実際はもっと若いのかもしれない。

間違っても、夫ということはなさそうだ。自分が男なのだというのは、はっきり分かる。乳房《ちぶさ》はないし、尿道《にょうどう》にカテーテルを差し込まれた性器は、男のものだったからだ。

今日が何年の何月何日かも分からないのに、担当の医師はこの記憶の混乱をたいしたことではないと思ったようだ。本当にそのうち自然に思い出すのだろうか。

「あの……顔、見たいんだけど……鏡《かがみ》、ある?」

自分がどんな顔をしているのかも思い出せない。そこで男に対して、まずはそれから頼んでみることにした。

「すまない。今、用意してない。明日、持ってくるよ。それとも、そうだな、看護師さんから借りてこようか?」

男の声は、低いがはっきりと通る声で、耳にとても心地いい。もっと話していたい、そんな気にさせる声だ。男らしい顔立ちは、かなりいい男といえるだろう。体つきもがっしりしていて逞《たくま》しく、有利は思わずアメコミと呼ばれる、アメリカで出版されているコミックの人気ヒーローの変身前だと思ってしまった。

「あっ？」

一つ、記憶らしいものが蘇ったようだ。自分はアメコミのヒーローを知っている。つまりそのヒーローが出ている映画とかテレビを観たことがあるのだ。

するとそこからどんどん記憶らしいものが蘇《よみがえ》ってきた。あのヒーローは、何度も映画化されている。それだけでなくテレビシリーズもあった。コミックもかなりの数出ているが、では、自分は何歳でそのヒーローを知ったのだろう。

肝心の自分のことになると、記憶は全《まった》く蘇らなかった。

「鏡を借りてくる。他に何かいるものあるか？」

「えっ？　いや……」

立ち去る前に、せめて名前と自分にとってどういう関係なのか、はっきりと教えていって欲しい。なのにそれもせずに、男はすっと立っていってしまった。

まさか彼のことを覚えていないなんて、微塵《みじん》も疑っていないようだ。だったら即座《そくざ》に訊《き》いてしまえばいいものを、有利はなぜか躊躇《ためら》いを覚えていた。

しばらくすると、可愛いキャラクターの描かれた小さな手鏡を持って、男は戻ってきた。点滴が刺さっていないほうの手で受け取り、自分の顔を見る。

「これが、俺……か」

思っていたよりもずっと若かった。これならせいぜい二十代の半ばといったところだろうか。

「んっ……うん」

「安心しろ。顔に傷はないよ。手術したのは心臓だけだ」

そんなにまずい顔じゃない。いや、どちらかといえば綺麗《きれい》系のいい男といえるだろう。この程度の容姿なら、十代の頃に顔のことで悩んだりはしなかった筈だ。いや、顔で悩むような人間ではなかったような気がする。それよりももっと、自分を悩ませる何かがあった筈《はず》だ。

「少し窶《やつ》れているのはしょうがないさ。何しろ、大手術だったからな」

「……」

心臓が悪かったのだろうが、どう悪かったのだろう。何日入院していたのか。そんな疑問が次々と湧いてくるのに、男に確かめる勇気はなかった。

「点滴しているからあまり喉《のど》は渇《かわ》かないだろうけど、水、少しずつ飲むように言われてる。

飲むか？」

水のペットボトルには、ストローが差し込まれていた。そんな細かいことも、この男がやってくれたのだろうか。

「う、うん」

水を持って口元に近づけてくれた拍子《ひょうし》に、男の顔が間近に迫った。すると有利の手術を終えたばかりの心臓が、勝手に心拍数を上げたような気がした。

「泊まってやりたいけど、明日も仕事なんだ。完全看護だから、後は看護師さんに任せて帰るよ。冷たいやつだと思わないでくれ」

「思わないよ……」

水は冷たくておいしい。けれどほんの一口、口に含むのがやっとだった。それでもしばらくストローを咥《くわ》えていたのは、男を間近に感じていたかったのかもしれない。

「頭がはっきりしない……」

「そうだな。目覚めてすぐはそんなもんだよ。食事は普通食に戻るのに、まだ数日掛かるそうだ。食べられるようになっても、塩分はかなり減らされる」

「……そうか」

食事の意味は分かるが、自分が何が好きだったのかが思い出せない。塩分の多いようなものが好きだったのだろうか。

「いい機会だ。食生活を見直ししろ」

「んっ……うん」

どんな食生活を送っていたのだろう。何となくだが、コンビニで買ったものや、ファストフードの店が思い浮かんだ。

「それじゃ帰るよ。よかった、意識がはっきり戻って……しかも元気そうだ」

男が立とうとするのに、有利は思わずその腕を強く握ってしまった。

「ねっ、あの、お、俺の両親は？　どうして見舞《みま》いに来ないの？」

そうだ、普通はこんな手術のときには、母親が付き添っているものなのではないか。母親の顔を見れば、何もかも思い出せるかもしれない。そう期待したが、見事に裏切られた。

「やっぱり、まだ記憶が混乱してるんだな。ご両親は……二年前に亡くなった」

「えっ……」

顔も思い出せない両親だが、死んだと聞いて胸が痛んだ。悲しそうな顔になったのだろう。男は有利の頬に手を添え、慰《なぐさ》めるようにさすってくれた。

「ご両親が、今回有利を天国に連れていかなかったことに感謝してる。俺の元に返してくれて嬉しかった」

何て優しい口調で話すのだろう。しかもドラマの台詞《せりふ》のように感動的な言葉で、有利の胸は熱くなる。

「そうか、もう、いないんだ……」

「麻酔の影響で、記憶が混乱してるんだな。少しずつ思い出すよ」

「そうだね……」

こうして話していても、男のことを何も思い出せない。それを告げたら男は傷つくだろうと思って、ますますその名前を自然に訊くことが出来なくなってしまった。だがこのままでは、男は帰ってしまう。

焦《あせ》りが表情に出たのだろうか。男はまたもや優しい口調になり、今度は有利の頭を撫《な》でながら言ってきた。

「思い出せなくても、今は何の不自由もないよ。あまり考えるな。それより、ゆっくり眠るといい」

「あ、ありがとう。その……あの、何て呼んでた？」

「俺のことか？」

「んっ、うん……」

「名前は鹿嶋天道《かしまてんどう》。有利は俺のこと、天って、いつも呼んでたよ」

有利は頷《うなず》くと、心の中でその名前を何度も反芻《はんすう》する。

鹿嶋天道、力強くていい名前だ。なのにその名前を聞いても、やはり何も思い出せない。

「天……」

「ああ、だけど最初の頃は、鹿嶋さんだったけどな」

鹿嶋さんなら普通の呼びかけだが、むしろそのほうがしっくりする。そんな気がした。

「行くよ……お休み、いい夢を……」

鹿嶋の手がすっと離れた。すると有利は、たまらない寂しさを感じた。けれど鹿嶋をいつまでも拘束《こうそく》していてはまずいだろう。きっと鹿嶋にも自分の生活というやつがある筈だ。

病室から出て行く後ろ姿を見送った後で、有利は真っ白な天井を見ながら考える。

鹿嶋とはいったいどこで出会い、どんな関係なのだろう。思い出そうとするが無理で、そうしているうちに薬の影響なのか、再び有利は眠りの中に引きずり込まれてしまった。

目覚めてから一週間が過ぎて、集中治療室から個室に移動した。窓があるのが何より嬉しい。朝になるとカーテンが自動的に開き、ベッドに横たわったまま、緑の木々や青い空を眺めることが出来るのだ。有利は美しい空と、木々が風に揺れる様を横たわったままで堪能《たんのう》した。

担当医の滝本の回診《かいしん》は、変わらず同じ時間に行われる。朝と夕方の二回だが、滝本はあまり余計なことは話さないタイプのようだ。有利を笑わせてくれるような冗談《じょうだん》など決して言わないし、こちらから質問しなければ、今の状態についての説明もしてくれなかった。記憶が戻れば、これまでの病状も分かるが、未《いま》だに戻ってはこない。なので、せめて自分の病気ぐらいは正しく知りたいと思うようになってきた。

「個室に移れて嬉しいです。窓があるから」

夕方の回診のときにさりげなく話し掛けても、滝本はただ頷くだけだ。そしていつも一緒に来るもう一人の外科医、大野《おおの》と共に医療機器に示される数値を見てその話ばかりしていた。

「滝本先生。俺は……どういった病気だったんでしょうか？」

ついにたまりかねて訊いてしまった。すると滝本は、色白の端正《たんせい》な顔を歪《ゆが》ませて、困ったような顔になった。

「まだ記憶が戻らないんですか？」

「はい。どうもはっきり思い出せないんです」

担当医というからには、初診から数えれば何回も会っている筈だ。なのに滝本の顔をじっと見つめても、記憶に繋がることは何もない。

滝本は若いだろう。どう見ても三十代半ばまでは、いっていないような感じだ。だったら年の近い有利と、これまでの検診の間には、世間話などもしてきたのではないだろうか。なのにそういった親しみが全く感じられない。滝本がそういう性質の男だからなのか、それとも医師と患者として、それなりに距離を置かれているせいなのか。

「数日待っても戻らないようなら、脳神経科の診察を受けましょう。体の他の部分にも、機能障害が出てくるかもしれないし」

「ありがとうございます。記憶障害も心臓病のせいですか？」

「いや、蘭さんの病気は拡張型心筋症です。膨《ふく》らんだ風船《ふうせん》が、何日かしてしぼんだときのような状態になっていたんです。それを縫い縮めて、正常の大きさにしました。問題はそれより、手術時の麻酔の影響でしょう」

「拡張型……心筋症？」

拡張型心筋症と言われても、咄嗟《とっさ》に何も浮かばない。アメコミのヒーローはすぐに思い出せたのに、自分の病名を思い出せないのは、何だか変な感じだ。

「昔は、心臓移植しかないと言われた難病でしたが、今は手術で完治しますから」

「再発はしないんですか？」

「希《まれ》にありますが、再手術は可能ですよ。次は、心臓移植になる可能性はありますけどね。退院後は、あまり無理なさらず、穏やかな生活を心がけてください」

「仕事は？　仕事は出来るんでしょうか？」

思わず訊いてしまったが、では自分はどんな仕事をしていたのだろう。そんな簡単なことすら思い出せない。入院中、仕事に支障はなかったのだろうか。今後も働き続けられるかどうか、生活の心配もあるだけに知っておきたい。

「退院後、無理のない範囲で出来ますよ。在宅《ざいたく》のＩＴ関連の仕事でしたよね。ただし座りっぱなしはよくないので、気分転換に散歩などしてください。テニスやマラソンは、まだお勧めしません」

「在宅……ＩＴ関係？」

それは誰の話だろう。とても自分のことのようには思えなかった。

なぜか仕事となると、有利の脳裏《のうり》には青々とした空が真っ先に思い浮かぶのだ。戸外を歩き回っているような仕事ではなかったのか。それとも以前から、気分転換に散歩などしていたのだろうか。

「順調に回復しています。今日から少しずつ歩いてみましょう」

「もう歩くんですか？」

「そのほうが回復は早いんです。それと明日からは、こちらの外科の大野医師があなたの担当となって、検診にきますから」

滝本より年齢が上に見える大野は、一言も発せずただ頭を軽く下げた。

担当医が代わるなんてことがあるのだろうか。有利は病院関係のことには詳しくないらしい。それがおかしいことなのかどうかも分からなかった。

滝本達が出て行くと、なぜだかほっとする。そしてテレビを点《つ》けた。

『二〇三四年、オーサカワールドカップまで、いよいよあと三カ月となりました』

ニュース番組が映し出されている。スポーツの時間らしく、聞き覚えのあるテーマ曲が流れていた。

「そうか……今年、大阪でワールドカップだったっけ？」

サッカーのワールドカップに対する知識は、アメコミのヒーローを思い出すのと同じくらい簡単に蘇った。

　つまり有利は、ヒーローが活躍するようなアメコミが好きで、サッカーにも興味があるらしい。それはこの国の成人男子として、特別変わっているということではなく、むしろあり触れたことのように思えた。

『ホンダジャパンの快進撃は、どこまで続くのでしょうか』

　そこで画面にこれまでの対戦成績が映し出される。それを見ていて、半年前の試合がふと脳裏に蘇った。

「半年前の試合は覚えてるのに、どうして最近のは覚えてないのかな？」

　引き分けの試合で怒りまくっていた監督が、試合後にスーツ姿でボールを蹴って、見事にゴールを決めているシーンが映し出されている。

「あんなことあったっけ？　こんな面白いとこ、観てたら忘れる筈ないのに……」

　不思議なことに、半年より前の試合は、朧気《おぼろげ》ながらも思い出すことが出来た。試合結果とニュース画面に流れるシーンは、見事に有利の記憶と一致する。

「俺はサッカーが好きだ。なのに……半年観ていないか、記憶が半年分、吹っ飛んでるかだな」

　古い記憶のほうが残っているのかもしれない。そんなことを考えているうちに食事時間になって、水のような重湯《おもゆ》が出された。

何の味もしない重湯を、ぼんやりと啜《すす》っていたら鹿嶋がやってきた。仕事帰りに急いでやってくるらしいが、どうしてもこの時間になってしまうのだ。

「今日から食事が始まったのか？」

ベッドに座ったまま、白いスープカップから重湯を掬《すく》っている。それを見て鹿嶋はさらに言った。

「久しぶりの食事だもんな。旨《うま》いか？」

おいしいといった感想はとても言えない、いかにも病人の食事風景だ。有利が答えずにいると、鹿嶋は気の毒そうな顔をしている。

「重湯なんて最初のうちだけだよ。すぐに普通食になるから」

「そうなんだけど……何か、何カ月も食べてなかったぐらい変な感じがするんだ。上手《うま》く呑《の》み込めない」

たかが重湯なのに、体は入ってくるものにびっくりしているようだ。

「手術前から絶食してたからだろう」

「そうか……そうだよね」

鹿嶋は下着やパジャマ、それにタオルなどを病室の棚に入れてくれている。その様子を見ていたら、またおかしな感じがしてきて、有利は食べていた手を止めた。

「俺……入院の準備もしなかったんだ？　そんなにいきなり悪くなったの？」

「……いや、前開きのパジャマって指定されたのに、有利、一枚も持ってなかっただろ。買いに行ってる暇がなかったから」

「そっか……前開きのパジャマね」

「こんなの普段から、おまえが着るか？」

鹿嶋はチェック柄のパジャマを広げて見せる。確かにそんなパジャマを着ている自分が想像出来ない。どちらかというとボクサーブリーフ一枚とかで寝ていそうだ。上に何か着るとしても、着古したTシャツといったところだろう。

「着そうもない。そうか、今、着てるのは、病院が貸してくれてるやつか」

新しいパジャマや下着まで用意してくれた鹿嶋だが、まだどういった関係なのか訊けていない。今までの様子からすると、親しい友人か従兄弟といった気がするが、実際はどうなのだろう。

「仕事、何してるの？」

思わず鹿嶋さんと呼びそうになって、有利は別の質問で誤魔化《ごまか》す。

「俺はセキュリティサービスの会社で、営業と機器の設置やってる。それも忘れたのか？」

「うん、自分の仕事も思い出せない」

「有利はネットの犯罪チェックをやってる」

「ネットの犯罪チェック？」

在宅でそんなことをやっていたというのか。どう考えてもしっくりしない。本来なら警察官がやる仕事ではないのか。いつから民間に委託《いたく》するようになったのかも、思い出すことが出来ない。自分がやっていたとは思えないけれど、心臓が悪かったらそういった在宅の仕事を選ぶのは自然だろう。

「そうだよ。一日、タブレットとパソコンを睨《にら》み付けて、犯罪に結びつきそうなサイトを見つけ出すのが、有利の仕事だ」

「ふーん……そんな面白そうな仕事してたのか」

いや、絶対に面白くないだろう。一日モニター画面を前にして、怪しいサイトを探すなんて、自分のやることに思えない。

鹿嶋から教えられたが、どうしてもその仕事をしている自分の姿を、はっきり思い出すことが出来ないのだ。

ため息ばかり吐《つ》いていたら、鹿嶋が心配そうに言ってきた。

「来週からは、ちょっと忙しくなる。ワールドカップ関連で、大阪が大変なんだ。それで応援に行くことになってね。見舞いに来られなくなるけど、許してくれ」

「あ、いいよ。そんなのはいいんだ」

「ここの病院は完全看護だから、不自由することはないよ」

「鹿嶋さんだって忙しいのに、何から何までありがとう……」

駄目《だめ》だ、どうしても鹿嶋さんと言ってしまう。そのほうがずっと自然な感じがするのだ。

知り合ったばかりの頃の古い記憶が残っていて、つい鹿嶋さんと丁寧《ていねい》な呼び方になってしまうのかもしれない。

「ご、ごめん。鹿嶋さん、その他人行儀《たにんぎょうぎ》かもしれないけど、何でかな、この呼び方のほうがしっくりするんだ」

それを聞いた鹿嶋は、有利の側に椅子を置いて座ると、じっと見つめながら優しく囁《ささや》いた。

「無理して、何もかも思い出そうとしなくていいんだよ。忘れていたっていいじゃないか。有利は生きてる。それだけで十分《じゅうぶん》だ」

そんな言い方をされると、自分の病状はもしかしてとても悪かったのではないかと思えてくる。実際そうなのかもしれない。手術時間がかなり長くなって、麻酔による記憶障害が起きた可能性はあるのだ。

「これからの新しい人生を、生まれ変わったつもりで楽しめばいい。思い出せなくても、何の不自由もない。ワールドカップは今からだ。大切な試合を、見損《みそこ》なうことはないよ」

「んっ……うん、そうだね」

「焦る気持ちは分かるけど、心配ないから。むしろ心配ばかりしてると、ストレスで回復が余計に遅れるぞ」

そのとおりなので、有利は小さく頷いた。

「入院中は映画もアニメも見放題だ。これまで見逃していたやつを、この機会に全部観ておけばいいじゃないか」

鹿嶋がそう言ってくれると、有利もとても前向きな気分になってくる。あまり悩まずに、自然なままでいようと思えてきた。

「そうだね。それと、俺、ペットとか飼ってないよね？　水やりの必要な植物とか、部屋に置いてない？」

「ペットはいない。部屋中にフィギュアが飾られてるが、盗《ぬす》んでいくやつはいないから安心していい」

「そうか、ならよかった。部屋に見られてまずいものとか、置いてないかな」

自分の部屋すら思い出せないのに、つい心配してしまう。もしかしたら人に見られたくないものを、置いてきたのかもしれない。そんな不安があった。

「俺に探せって言ってるのか？」

「い、いや、それはいいよ。たまには部屋の空気を入れ換えたりしないと、臭《くさ》くなるよね。そっちも心配だ」

突然、家に帰ったときのむっとした臭《にお》いだけが蘇った。何日も留守にしていて、帰ったときに嗅《か》ぐのはフィギュアとコミックの特有の臭いだ。

「大阪出張は何カ月にもならないよ。そんな心配しなくても、退院する頃にはフレッシュな空気が家中に充満《じゅうまん》してるさ」

「……」

鹿嶋の部屋の心配をしているのではない。自分の部屋だと言いかけて、有利は口を噤《つぐ》む。ここで初めて有利は、鹿嶋と同居しているのではないかと疑った。

鹿嶋の親密さからすると、ルームメイトなのではないだろうか。いい部屋の家賃は高いから、独身だったらルームシェアするのはよくあることだ。

「そうか……そうだね。大阪か……そうだ、たこ焼きと、お好み焼き、食べたいな」

「有利はソースまみれにして食べるからな。あれは……塩分摂《と》りすぎだ」

「ソースまみれ……」

「焼きそばもそうだし、目玉焼きにソースとマヨネーズを大量にかけるのはよくない。今度からは、許さないから」

ソースまみれの焼きそばは、はっきりと脳裏に蘇った。つけ麺《めん》かと思うほど、ソースを掛けると誰かが笑っている場面が、ふっと浮かんで消えた。

あれが鹿嶋だったのだろうか。

しかしそれもまた変だ。元々心臓が悪かったら、もっと早くにそんな塩分過多の食事をやめるように注意するべきだろう。鹿嶋だったら絶対に注意する。それとも有利が、聞く耳を持っていなかったということかもしれない。

そんなことを注意してくれる友だちは、他にいるのだろうか。倒れたのを知っているなら見舞いに来てもよさそうだが、今のところ来てくれているのは鹿嶋だけだ。

それとも手術したことを、誰も知らないのかもしれない。だったら知らせるべきだ。それに必要なツールであるスマートフォンに、そういえばずっと触れていなかった。

「スマホもないみたいなんだけど？」

「ああ、倒れたときに潰《つぶ》したんだ。大阪行く前に、新しいのに替えてきてあげるよ。機種は前と同じでいいだろ？」

「うん……いいけど、そんなに勢いよく倒れたんだ？」

「体と椅子の間に挟まって折れてた。薄い機種はもろいって言っただろ」

そこで鹿嶋は、自分のがっしりしたタイプのスマートフォンを取り出す。そこの待ち受け画面に自分と鹿嶋の姿が映っていて有利は驚いた。

「何か、凄《すご》く、仲良さそうだ」

「……そうだよ。仲良しさ」

寂しげに鹿嶋は呟《つぶや》く。二人のことを有利がすべて忘れてしまったから悲しんでいるのだと思って、有利はおろおろと狼狽《うろた》える。

「データとか、復元出来るよね？　きっと、いっぱい写真撮ったと思うんだ」

明るく言うと、鹿嶋はますます悲しげに首を横に振った。

「データも全滅したよ。ゴロー君に移動したやつだけだ」

「ゴロー君？」

「それも忘れた？　タブレットに名前付けてただろ」

「あっ、そ、そうか」

それも何だか自分らしくない。自分で付けるなら、絶対にアメコミヒーローか、サッカー選手の名前のような気がした。

釈然《しゃくぜん》としない思いばかりが積もっていく。なのに鹿嶋を前にすると、なぜか自分のことを訊《たず》ねるのが憚《はばか》られる。

「手術後の傷の回復、思ったより早いみたいだな」

鹿嶋は笑顔で、安心したように言った。

「んっ……だといいけど」

体の調子はいい。術後の痛みもそれほどではないし、血圧も体温も異常はみられなかった。この調子なら、退院も早いだろう。自宅に帰れば、案外簡単にすべてを思い出せるかもしれない。

「ねぇ、鹿嶋さん以外に、誰も見舞いに来ないんだけど、俺ってそんな寂しい人？」

「……あまり友だちは多くなかったみたいだ」

「そうか、何かがっかりだな」

友だちが多くて、いつもみんなと笑い転げている。そんなイメージを抱いていただけに、現実を知らされて酷《ひど》く落ち込んでしまう。その様子を見て、鹿嶋は優しく慰めてくれた。

「退院して落ち着いたら、また友だちとも遊べるさ」

「だといいけど、やっぱり無理だ。友だち、いたのかもしれないけど、誰も思い出せない」

頭の中で笑い声が響いた。それと同時に、湯気《ゆげ》のようなものが渦巻《うずま》いている感じがした。どういった場所にいた記憶なのだろう。けれどきちんと映像になることもなく、ふわっとイメージが浮かんだだけですぐに消えてしまった。

「友だちが少なくなったのは、俺のせいだ。俺が、有利が他のやつらと遊ぶの嫌がったから、自然と付き合いが悪くなっていって……」

「えっ？　そ、そうなの」

鹿嶋の言い方は、まるで嫉妬《しっと》みたいだ。そんなことを言われると、鹿嶋が男なのは分かっていてもどきどきしてしまう。

「すまない。何よりも、おまえの体が心配だったから……。だけど、もう大丈夫だ。手術は成功したんだし、これからはもっといろんな人達と交流出来るよ」

「何か、自信無くなってきた……。俺、退院してから上手くやっていけるかな」

「心配しなくていい。俺が守るから」

力強く言うと、鹿嶋は有利の手を握ってくる。すると有利の脊髄《せきずい》を、甘い痺《しび》れが走り抜けた。

おかしい、鹿嶋は男だ。なのに有利はこのルームメイトに対して、まるでアイドルを前にした少女のように心を乱してしまうのだ。

「ワールドカップ、大阪まで観に行きたいな」

気を逸らそうと、有利はいきなり関係ないことを言う。すると鹿嶋は即座に首を横に振った。

「半年は大人しくしていないと駄目だ。テレビで観られるよ。そのために、テレビも買い換えたじゃないか」

「……そ、そうだね」

気落ちしたと思ったのか、鹿嶋の手は有利の頭を撫でる。そしてはっとするほど爽《さわ》やかな笑顔で言ってきた。

「元気だせ。ソファの特等席は、おまえのためにいつも空けてあるから」

「うん……」

何の予兆《よちょう》もなく、いきなり涙が溢《あふ》れてきて頬を濡らした。どうやら鹿嶋に優しくされると、涙が出るほど嬉しいらしい。

「どうした？　そんな弱気になるのは、有利らしくないぞ」

鹿嶋の手が、涙が流れ落ちる前に拭ってくれた。

「過去なんてどうでもいいじゃないか。明日はきっと、今日よりずっと楽になる。その次の日にはもっとよくなるんだから」

「うん……ありがとう」

ぎゅっと鹿嶋がハグしてくれた。すると不安はどんどん薄らいでいって、有利は幸福な気分を味わう。

　鹿嶋との関係は、いったいどんなものなのだろう。ヒントはいっぱい散らばっているのに、有利はそれを正面から見据える勇気がまだなかった。

翌週から鹿嶋が来なくなると、途端《とたん》に一日が長く感じられるようになった。診察時間や食事時間は決まっているが、それ以外は自由だ。体は回復しつつあるから、余計に時間を持て余すようになったのかもしれない。

テレビを観たり、読書をしたりしているが、それでも一人の時間は限りなく長く感じられる。そこでリハビリのためにもなるので、病院内の散歩時間を多めにしてみた。

広くて綺麗な病院だ。壁はすべて真っ白で、染み一つない。廊下はどんな素材なのか、歩きやすくて柔らかく感じられる。中庭には白く塗られたベンチがあって、木陰《こかげ》で風を感じられるようになっていた。

元気だったらあっという間に回れるような距離なのだろうが、やはり手術後の体で、点滴を付けたままでは時間が掛かる。毎日少しずつ散歩の距離を伸ばしているが、そのうちに有利はこの病院に違和感を覚えてきた。

なぜかというと、病院の設備もすべて新しくて院内は広いのに、ほとんど入院患者の姿を見ることがなかったからだ。

病床《びょうしょう》が少ないのだろうか。どの病室も個室で、お馴染《なじ》みの四人部屋とか六人部屋なんてものはないようだ。しかも他の病室の近くをうろつくのは禁じられているらしく、うろうろしているとすぐに警備スタッフか看護師がやってきて、しかるべき散歩コースに誘導されてしまう。

散歩の時間も制限されているのか、ある程度歩いてから中庭に入り、ベンチに座って小鳥が水盤《すいばん》で水浴びしている姿をぼんやり見る頃には、笑顔の看護師が近づいてきて部屋に戻れと促《うなが》す。しかも優しげな女性の看護師ではない。かなり逞しい男性看護師だった。

外来患者が訪れる受付とかは、建物のどの辺りにあるのだろう。避難路は示されているが、各部屋の名前は一切《いっさい》書かれていない。有利が入ったことがあるのは、検査室と診察室だけだ。リハビリ用のプレイルームでもあればいいのにと思うが、そういったところに案内されることもまだなかった。

病室に戻ると、鹿嶋によって届けられたタブレットを開くのが日課《にっか》だ。中にはダウンロードしたマンガやドキュメンタリー記事の他に、何枚かのプライベート写真が残っていた。それは鹿嶋とどこかの海岸までドライブした際に撮ったものらしく、海を背景にふざけている有利の姿が何枚もあった。

「何かなぁ……ここに行ったって実感が一つもないや」

目を閉じて、何とか記憶を呼び戻そうとするが、鹿嶋と二人、海までドライブしたシーンは一つも浮かんでこない。泳ぐのは好きだったのだろうか。鹿嶋とプールに行ったりはしなかったのか。水のことを考えると、なぜかまた湯気とざわめきが蘇る。

ぼんやりとしていたら、食事が運ばれてきた。出される食事は、薄味ではあるがかなり美味《びみ》だ。しかも陶器の食器に盛られ、ナイフやフォークはピカピカの金属製だったから、まるでホテルのルームサービスを味わっているかのようだった。

「白身魚《しろみざかな》のソテー？　おいしそうだ」

有利がにこやかに言っても、配膳《はいぜん》係の女性は何も言わない。ただ微笑《ほほえ》むだけだ。彼女だけではない。ここで働くスタッフは、必要最低限度のことしか口にしなかった。個人的なことは一切話してはくれなくて、会話があったとしても天気のことぐらいだ。

仕事に徹《てっ》しているのかもしれないが、やはり寂しい。時折《ときおり》、スタッフがロボットなのではないかと思えてしまう。個人的な会話など必要ないというのが運営方針だとしても、メンタルの面ではどうなのだろう。会話の楽しみも、患者の社会生活復帰には必要なのではと有利は考えてしまう。

黙々と食事をしながら、鹿嶋が来ない寂しさを痛感《つうかん》していた。

まともに話せるのは鹿嶋だけだ。その鹿嶋がいないと、独り言を口にするしかない。

食事を終えると、呼び出しボタンを押す。すると先ほどの配膳係の女性が音もなく現れて、黙って食器を下げていく。その後ろ姿を見送りながら、有利は思わず呟いていた。

「違う……何か、違う。俺、きっともの凄く人間が好きだ。いつも……誰かと、喋《しゃべ》ってたような気がする」

心臓が悪かったなら、何度も入院経験があるのだろうか。思い浮かんだのは古い病院の一室で、老人相手に古くからあるボードゲームをしている場面だ。看護師や見舞いの人達も混じって、皆で笑っている。その笑いの中心に有利はいたような気がした。

「心臓病、抱えていたにしても、俺はもっと明るいキャラだったような気がする。こんなに何日も、まともな会話なしなんて、俺らしくない」

誰かと話したいときには、ここではどうすればいいのか。確かセラピストを派遣《はけん》してくれると外科の大野が言っていた。話す相手すら指定される。そのセラピストの料金はどうするのだろう。そんなことを考えているうちに、たまらなくなって有利は病室を出ていた。

他の入院患者でもいいから、誰かと話したい。鹿嶋がいない今、話し相手なしのストレスは結構切実《せつじつ》なのだ。

無人の廊下を歩いていくと、窓から中庭が見下ろせた。すでに夕闇《ゆうやみ》が迫っていて、外灯《がいとう》がいつものベンチを照らしている。そこに珍《めずら》しく人影があった。

「えっ……」

一人は白衣姿の痩《や》せた長身の男で、眼鏡をしている。見覚えのある姿で、最初に担当だった滝本だというのはすぐに分かった。けれどその横にいるのが、おかしなことに鹿嶋だったのだ。

鹿嶋はスーツ姿で、仕事の帰りといった雰囲気だ。二人は親密な様子で、時に笑顔で話している。

「大阪にいるんじゃなかったのか？」

今週いっぱいは大阪の筈だ。もう帰っているなら、知らせてくれてもいいのにメールも電話もない。

「まっ、いいか。まだ面会時間だし」

きっと有利に会う前に、退院の目処《めど》など訊ねてくれているのだろう。ふらふらと歩き回って、余計な心配をさせてはいけない。そう思って有利は慌てて病室に戻った。

もぞもぞとベッドに入っていると、ドアが開いた。鹿嶋かと思って、驚いた演技をしようとしたら違っていた。屈強《くっきょう》な看護師が、無表情な顔で訊いてきた。

「部屋を出られたようですが、何かお困りですか？」

僅《わず》か数分出ただけなのに、もうばれてしまったようだ。けれど部屋を自由に出入り出来ないなんて、どうも納得出来ない。

「コーラ飲みたくて、自販機探してました」

とりあえず言ってみた。すると意外な答えが返ってきた。

「自販機はありません。コーラですね。すぐにお持ちします。他にご要望はありますか？」

「炭酸《たんさん》の入った飲み物、お願いします」

「畏《かしこ》まりました」

看護師が出て行くと、有利は天井を見つめながら考えた。

自分に関する記憶はないが、世間一般のことは知っている。その自分の基準からすると、この規模の病院で自販機の一台も置いてないなんて、何か不自然に思えるのだ。

患者は飲み物制限もあるだろうが、見舞い客のためにどこの病院でも置いてあるものなのではないだろうか。それともここでは、見舞い客の飲み物も提供されるというのか。

「どれだけ入院費掛かるんだよ」

完全看護のいい病院だが、どうやらセレブ向けのとんでもない病院に入院してしまったようだ。有利は真剣に入院費の支払いを心配し始めた。

悩んでいるうちに、またドアが開いた。今度こそ鹿嶋かと思ったら看護師で、手にした数本の飲み物を、病室の冷蔵庫に入れてくれた。

「糖質《とうしつ》0のものにしましたが、あまり飲み過ぎませんように。飲んでも喉が渇くようでしたら、明日、検診のときに先生に相談なさってください」

「分かりました。けど、あの、ここって自販機ないんですか？」

「はい、ありません。その代わり、二十四時間、私達がご要望に添えるように待機しておりますので、何なりと申しつけてください」

「それは……どうも」

　ここで有利は、自分は絶対に生まれつきのセレブなんてものではないと確信した。人にものを頼むより、自分が頼まれたほうがしっくりいく。使い走りは嫌じゃない。それより人に命じて、自分が楽するほうが嫌だった。

　看護師が行ってしまうと、有利は落ち着きなく何度もドアに視線を向けた。自販機のないことを、誰かに話したい。そんな子供じみた欲求でうずうずしてしまい、鹿嶋の来訪が待ちきれなかった。

　話は長引いているのだろうか。いつまで待っても鹿嶋はやってこない。このままでは面会時間が終了してしまう。

　苛立《いらだ》ちを抑えるためにテレビを点けた。つまらないバラエティ番組だったが、クイズ形式だったのでしばらくは観ていられた。けれどその番組が終わりに近づいても、鹿嶋がやってくる様子はなかった。

「何で……」

ついに我慢《がまん》出来ずに、スマートフォンを取りだして鹿嶋に電話を掛けたが、しばらく呼び出してからやっと出てくれた。

「今……どこ？」

滝本先生との話が長引いてすまない、そんな声が聞こえてくるかと思ったら違っていた。

『まだ大阪だよ。どうした？　具合が悪くなったら、すぐにナースコールしろ』

「いや……そうじゃなくて」

さっき中庭にいたのは、鹿嶋ではなかったのだろうか。だが鹿嶋を見間違える筈はない。何しろ目が覚めてから、まともに話し相手になってくれているのは鹿嶋だけだ。新しい記憶の中に、鹿嶋の姿はしっかり焼き付いている。

見間違える筈がない。確かめたいのに、なぜか鹿嶋に対して有利の口は重くなってしまう。

「ここ、自販機ないんだ。知ってた？」

黙っているわけにもいかず、話したかったことを口にしてみた。すると鹿嶋の爽やかな笑い声が聞こえてきた。

『ああ、それで困ってるのか。欲しいものがあるなら、スタッフに頼むといい。来週、そっちに行くときに、必要なものあれば届けるよ』

「それじゃお好みソースとたこ焼き……キツネうどんもよろしく」

『お好み焼きと串《くし》カツは？』

「それも……よろしく」

鹿嶋は外を歩いているのか、通り過ぎるバイクのエンジン音が聞こえた。けれどそれだけでは、そこが本当に大阪なのか知ることは出来ない。

『そろそろ消灯時間だろ。明日、また電話するよ』

「んっ……明日は、画像ありでよろしく。しばらく顔見てないから、忘れそうだ」

やはりどう考えても、滝本と話していたのは鹿嶋だった。本当に大阪にいるというなら、今すぐ画像で確認したいところだったが、そこまでする勇気がない。どうやら有利は、鹿嶋に対してはとても弱腰《よわごし》らしい。

「つまんない冗談言ってないで、訊けばよかった……」

通話を終えてから愚痴《ぐち》ってもしょうがないのだが、思わず呟いてしまう。

「鹿嶋さんが恋しくて、似てる人を見間違えたのかな」

だとしたらそれはまた新たな問題だ。精神的にかなり鹿嶋に依存《いそん》し始めている。誰かにもたれ掛かるような生き方をしたくはない。自分はもっと自立した人間だったような気がする。

「余計なストレスは抱え込まない。忘れるんだ。得意だろ、忘れるの……。早く元気になって、飲み物も自分で買えない生活から抜け出せ。退院すれば……すべて元通りさ」

じきに消灯時間になるだろう。けれど今夜は、すんなりと眠れそうにない。忘れようとしても、滝本と談笑《だんしょう》している鹿嶋の姿が脳裏に浮かんで消えることがない。

「何だよ……これじゃ、妬《や》いてるみたいだ。そんなのおかしいだろ。鹿嶋さんは……俺だけのものじゃない」

では、あの魅力的なルームメイトは、いったい誰のものなのだろう。鹿嶋に付き合っている相手はいるのだろうか。もしいるとしたら、恋人の前で鹿嶋はどんな顔をするのかと想像すると、先ほどの滝本と談笑している姿が浮かんだ。すると胸が苦しくなってきて、有利はぎゅっと拳《こぶし》を握りしめる。

鹿嶋のことを考えるだけで、こんなに胸が痛むのはどうしてだろう。まるで恋してるみたいだと思った途端に、有利はそれが自分の本当の気持ちだと気が付いてしまった。

「相手……男だぞ。まずいだろ、それ……」

自分で自分を叱責《しっせき》しながら、有利は狼狽える。

自分にとって性的対象はどっちなのか、まるで分からなくなってきたからだ。

タブレットを開き、エロ画像などのありそうなサイトを探してみた。最近はネットの検《けん》閲《えつ》も厳しくて、そう簡単に過激なエロシーンは出て来ない。

「そうだよな。俺、こういうの規制する側で働いてたんじゃないか」

違法サイトを見つけ出すプロだったにしては、有利の手際は悪く、動作はとろかった。どうやら記憶と共に、仕事のスキルも吹き飛んでしまったらしい。

「そっか、なら、微エロはどうだ」

ショッピングサイトの、女性下着コーナーに飛んでみた。すると若くて美しいモデル達が、下着だけの姿で微笑みながら踊《おど》っていた。

「……」

何かが来るのを待った。けれどテレビCMを観ているのと大差ない。何の感慨もなく、ただ画面を目で追っているだけだ。

「待てよ……身長百七十八センチ、体重、減って現在六十二キロ。年齢、二十五歳の男だよな、俺。病院の記録ではそうなってる。だったら心臓悪くても、エロいことには関心あるのが普通だろ？　それともエロサイトを探っている間に、不感症になったのか？」

体がまだ回復していないからだろうか。焦りながら様々な下着サイトを観ていたが、ついに諦めて今度は男性用の下着コーナーを閲覧《えつらん》した。

「あっ……」

外国人の素晴《すば》らしいモデルが、性器のシルエットがはっきりと分かるような下着姿でポーズをとっている。それを観た瞬間、有利はむらっとした。

「そっち……だったのか」

腹筋が割れた見事な肉体を誇《ほこ》るモデルが、艶然《えんぜん》と微笑んでいる。その顔がいつか鹿嶋に変わっていた。

「えっ……そうか、ルームメイトって……えっ、まさか、あんないい男が俺の？　いや、ない。そんな奇跡は絶対に起こらない」

自分がゲイだというのは、これではっきりした。だとしたら、あの魅力的な鹿嶋と同居していて、何も感じない筈はない。もし二人の関係がただのルームメイトだったら、有利は鹿嶋への思いを持て余してかなり苦しんできただろう。

「まさか……彼が恋人ってことないよな？　いや、あり得ない。だって、そうだろ。毎日のように見舞いに来てくれていた間、ハグしてくれたことはあっても、キスはしてくれない……」

恋人だったらキスをする。たとえここが病院で、看護師が突然やってくる可能性があったとしても、無事に手術を終えた恋人にキスしない筈はない。

「そうだよ。彼は恋人じゃない……」

そう思った途端、たまらなく悲しくなってしまい涙がどっと溢れた。

「俺って、駄目なやつ。すぐに泣く。泣き虫なんだな」

毎日少しずつ、自分というものを発見していく。今日は衝撃の事実が二つも判明した。

一つは自分が泣き虫のゲイであること。そしてもう一つは、鹿嶋が恋人ではない、ただのルームメイトだったということだ。

「大丈夫、明日になったら……普通の顔が出来るようになる。俺、きっとこれまでもずっと、自分の気持ちを隠して生きていたに違いないんだから」

いっそこのまま入院していたい。そして鹿嶋の見舞いも断れば、鹿嶋の存在に悩まされることもなくなるだろう。そうも考えたがやはり無理だ。たとえ恋人ではなくても、鹿嶋の存在が全く消えてしまったら、寂しくて生きていけそうになかった。

「俺って寂しい人間なんだな……。俺の世界には、鹿嶋さんしかいないんだもの」

本当の自分の姿は、いつまでたっても思い出せないままだ。けれど友だちもいないし、ルームメイトに片思い中の泣き虫男のことなど、思い出す必要もなさそうだった。

壁もベッドも寝具も、何もかも真っ白な病室が少しずつ変わってきている。有利が鹿嶋に頼んで持ち込んだ色とりどりの品々が、雰囲気を大きく変えてしまったからだ。

入院は長くても一ヵ月、そう思っていたのにとんでもない。早いものでもう三ヵ月が過ぎようとしている。

その間、見舞いに訪れてくれたのは鹿嶋ただ一人だけだった。ネットで友人捜しもしてみたが、おかしなもので蘭有利という男の友人はどこにもいない。仕方なく新たにアメコミやゲーム関係のネット仲間を見つけたが、彼らは有利のことをこれまで全く知らなかった。

ハンドルネームでしかアクセスしていなかったら、確かに本名を名乗られても分からないだろう。だがそれはネットだけの付き合いはあっても、リアルでは誰とも付き合わなかったことの証明だった。

記憶を失っているのに、アメコミの話だったらいくらでも出来る。自分の部屋から持ってきてもらったコミックブックは、アメリカから取り寄せたレアものがほとんどで、すべて英語で書かれていたが、有利は苦もなく読めることに気が付いた。

新刊を海外サイトに注文しながら、有利の手は止まる。

「俺、もしかしたらアメリカに住んでたのかな」

英語力はかなりありそうだ。テレビの外国語放送でも、英語のものなら難なく聞き分けられる。映画も字幕や翻訳《ほんやく》は必要なかった。日常的に英語を話していたのか、スラングにも強い。しかも英語だけでなく、イタリア語やスペイン語も分かることが判明した。

「そうか……だから友だちがいないのかもしれない」

幼少時の写真を持ってきてもらいたかったが、鹿嶋もさすがに個人的なものを探し出すのは断ってきた。それで未だに知らないままだが、何となくアメリカで育ったような気がしてきた。

「幼馴染みとかいないのは、そのせいなんだな。いつ頃、日本に来たんだろう？」

日本で大学を出たならば、もう少し友人関係が豊かな筈だと思った。もしかしたらアメリカの大学に通っていたのかもしれない。

「情報関係だったら、アメリカだよな。ＣＩＡに就職するつもりが落ちたとか？」

自分の過去を想像して、有利は虚《むな》しく笑う。

「どっちにしても、今の俺は金持ちだ。無理に働かなくても、十分暮らしていける」

両親が亡くなって、かなりの遺産が手に入ったようだ。銀行口座には、何の心配もいらないだけの金額が入っている。いずれ心臓を手術することになると思っていたからなのか、両親は多額の遺産を一人息子の有利に遺したらしい。

「それにしてもおかしい。ただの心臓手術だったら、こんな長期入院にはならない。心臓移植したなら、そういった説明がある筈だけど、それもないのに、何でこんなに長いんだ」

リハビリルームにも入れるようになった。そこにはプールがあって、有利は先週から泳ぐことも許されている。

なのに相変わらず、他の患者と会うことがない。

「俺もそれほどバカじゃないぞ。ここは……普通の病院じゃないだろ」

終わりのほうは、聞こえないほどの小声になってしまった。独り言といえど、聞かれているような気がしたのだ。

「セレブ向きの高級クリニック？　実はぼったくり病院？」

何でここに入院したのかも分からないままだが、元気になったのに退院させないのはおかしい。退院時に請求される金額を想像すると、何だか恐ろしかった。

「また新刊注文してるのか？」

病室に入ってきた鹿嶋の声に、有利は現実に引き戻された。今日は仕事が休みらしく、早くから来てくれることになっていたが、その姿を見ると有利は眩《まぶ》しいように目を細める。

「えっ、う、うん、注文した」

「日本のマンガのほうが面白いと思うけどな。どうしてわざわざアメリカからコミック取り寄せてるんだ？」

「それは多分……俺が子供の頃アメリカにいて、これが普通の子供の読むものだったからだよ」

有利の言葉に、着替えや新刊コミックの入ったバッグを開いていた鹿嶋の手が止まる。

「思い出したのか？」

「いや、そう考えるのが一番しっくりするから。鹿嶋さん、俺の子供の頃知らないの？」

「俺が有利と知り合ったのは、ご両親が亡くなった後だから、あまり話したがらなかった」

「そっか……」

つまり鹿嶋も有利の過去はあまりよく知らないということだ。こうなると自分で思い出さない限り、大切な思い出の数々は永遠に手に入らない。

「ねぇ……おかしくない？」

着替えをクロゼットに入れてくれている鹿嶋に、有利はたまりかねて話し掛けていた。

「そろそろ退院してもいいんじゃないかな。心筋症の手術だったら、長くても一カ月で退院出来るっていうじゃない。俺、合併症《がっぺいしょう》もないのに、何でまだ入院なの？」

「再発の危険性があるって説明、聞いてなかったのか？」

「聞いたけどさ」

鹿嶋はよく滝本と話している。けれど手術の執刀医《しっとうい》だった大野とは、あまり話してはいない。そんなことまで自然に観察してしまうようになったのは、あの大阪出張の日以来だった。

翌日の映像付き電話では、確かに大阪の街が映っていた。ワールドカップ開催で盛り上がる町並みの映像を、実況中継のように送ってくれたのだ。

けれど大阪なんて、この病院からでも二時間と少しで行くことが出来る。だから有利は、未だにあの日鹿嶋がここに来たのではないかと疑っている。

出張から戻った日は、ワールドカップ関連のグッズも山ほど貰《もら》った。それは今病室に飾られているが、有利はそれを手にしてここでワールドカップの実況中継を観るのは嫌だった。

「家に帰りたい。でっかいテレビでワールドカップ観たいんだ。それにこの病院、絶対にぼったくり病院だよ。俺、親の遺産があって金持ちだけど、何も分からないと思ってその金、狙われてるんだ」

「そんなことはないだろう」

鹿嶋は呆《あき》れたように言うが、有利は真剣だった。

「だっておかしいだろ。長期入院の会計って、一カ月毎に精算じゃなかった？　飲み放題、食べ放題プランで三カ月、いくら支払ってるんだ？」

「明細、来てる筈だ」

「見た記憶がない」

「忘れてるんじゃないか？」

そう言って鹿嶋は、小さなキャビネットの引き出しを開く。するとそこには、有利の記憶にないアメコミヒーローの描かれたクリアファイルが入っていた。

「ほら、あった。脳神経の検査して異常なかったのにな。おまえ、以前に比べてかなり忘れっぽくなってるよ」

「あれ？」

鹿嶋が手渡してくれたファイルの中には、『帝都大学病院分院』と病院名が書かれた、先月の入院費の明細と領収書が入っていた。

その金額は確かに高いが、高すぎるというほどのものではない。カード支払いになっていたから、精算に際して有利は何もする必要がなかったのだろうか。

「そりゃ市民病院とかに比べれば高いけど、個室利用なんだし、このクラスの病院だったら決して高くはないよ」

おかしなことに鹿嶋はファイルの中身を見ていないのに、いかにも知っているような口ぶりだ。渡されたときに一緒に見たのだろうか。

けれど有利には、本当にこれを手渡された場面の記憶がない。自分だけがここでは異質のような、疎外感《そがいかん》を覚えてしまう。だからこそ余計に、退院したくなってしまうのだ。

「退院したいんだ。大野先生は退院させてもいいみたいな口調だけど、滝本先生が駄目っぽい」

「だったら……俺が、話してみようか？」

鹿嶋の立場では、退院の詳細まで口を突っ込めないだろう。なのに提案してきたのを聞いて、有利の胸は痛む。

滝本と特別親しいから、有利の家族でもないのに頼めると思っているのではないか。

鹿嶋と滝本はよく病院内で話し込んでいる。二人きりになったら、いったい何を話しているのだろう。一度それとなく聞いたが、他愛《たあい》のない世間話だとはぐらかされた。

有利に対しては保護者の顔しか見せない鹿嶋が、滝本には友人のような顔になる。いや、もしかしたらそれ以上に親しいのではないかと、有利は疑ってしまうのだ。

この三カ月ではっきりしたのは、鹿嶋に他に恋人と呼べるような存在がいないということだ。毎日のように有利を見舞い、その合間に各地に出張しているが、恋人らしき人物と過ごした形跡は一切なかった。

だったら鹿嶋との関係に希望が持てそうだが、有利を弟とか親しい後輩のようにしか扱ってくれない。これではとても恋愛関係は望めそうにないだろう。

これで退院して、二人で暮らすようになったらどうなるのか。少しは今以上に関係は進展するだろうか。それとも鹿嶋は、男である有利を恋愛対象としては、絶対に認めないのか。

鹿嶋にとって、有利のような子供っぽい男よりも、滝本のような知的な男のほうが魅力的に思えるのかなどと、思考はぐるぐる勝手に回ってしまう。

「そうだね。鹿嶋さんなら、上手く言ってくれそうだ。検査とか必要なら、ちゃんと通院はするから……家に帰りたい」

これ以上、滝本と親しくなられても嫌だ。そのためにも、ぜひ退院を急ぎたい。

「家に帰っても、勝手に出歩いたりしたら駄目なんだぞ。静かにしていないといけないし、食べるものも制限がある」

「それでもいいよ。鹿嶋さんには、出来るだけ迷惑掛けないようにするから」

「俺のことは気にしなくていい」

そこで鹿嶋は、何を思ったのか有利をぎゅっとハグしてくる。

「それじゃ、今から退院の相談してくるよ。嬉しくても暴れたりするな。ここでじっとして待ってろ」

「うん……」

ハグされると嬉しいけれど、それと同じだけ悲しくなる。ハグして、そしてキスして、さらにはセックス、それが望みなのにどんなに待っても叶《かな》えられそうにないからだ。

一人になると、アメコミの新刊を手にしてぱらぱらとめくった。もう何度か読んだので、今更目新しい発見などないと思ったのに、主人公のシャワーシーンで手が止まった。

わざわざシャワーシーンを描くのは、読者に対するサービスだろう。女性読者だけではない。有利のように逞しい男性の裸体に興奮する読者にも、眼福《がんぷく》を味わわせてくれるつもりなのだ。

するとそのシーンが、突然ゆらゆらと揺れて、動き出したような気がした。

『ボディシャンプー切れてる。そっちの回してくれ』

そう言って鹿嶋が、隣りのシャワーブースから顔を覗かせていた。有利はボディシャンプーのボトルを手渡そうとして落としてしまう。裸の鹿嶋に興奮していたからだ。

鹿嶋が屈んでボトルを拾ってくれる。その間有利は、タオルで自分の股間を隠すのがやっとだった。

「えっ……」

突然蘇った記憶の一部だが、果たして本当にあったことなのか分からない。あるいは妄《もう》想《そう》なのかもしれないのだ。

「だけど……よく浮かぶイメージはシャワーだ」

鹿嶋と出会ったのは、シャワールームだったというのか。いや、スポーツバーでワールドカップの予選を観ていたときに、隣席だったのが縁で親しくなったと聞いた。

「その後で、二人でジムにでも行ったのかな」

回りには大勢の同じような年頃の男がいたイメージだ。しかもジムなどの小綺麗なシャワールームじゃない。どちらかというと、合宿所のような場所のイメージだった。

「スポーツジムなら、ボディシャンプーの中身が無くなっていて、そのまま放置ってあるだろうか？　ないような気がする」

よく浮かぶシャワールームのシーンを、有利は再び脳裏に呼び戻そうとした。すると突然、鹿嶋が有利に銃《じゅう》を向けているシーンが浮かんだ。

『反動を計算しろ。我々が持っているのは、おもちゃじゃないんだぞ。引き金を引けば、それ相《そう》応《おう》の反動がある。連射のこつは……』

「ああ、駄目だ。鹿嶋さん使って、何妄想してるんだ」

それは最近お気に入りの、ロス市警のサイボーグ警察官シリーズの一シーンにそっくりだったのだ。

「勝手に頭の中で遊ぶなよ」

有利は呻《うめ》きながら、ベッドの上に転がった。

心臓がどきどきしている。いつもの柔和《にゅうわ》な鹿嶋も好きだが、妄想の中に出てきた凛々《りり》しい鹿嶋はまさにツボだった。

「あんな男がいたら……惚れるに決まってる」

下半身が興奮してしまっている。健康になった証拠だが、記憶はずたずただし、妄想と現実が混在しているこんな状態で、果たして退院しても大丈夫かと不安が脳裏を掠めた。

家に帰ったら、掃除や洗濯だけでなく、自分が食べるものも毎回調理しないといけない。入院中のように、ただ読書してテレビを観ていればいいというわけではないのだ。

最初の頃はほとんど寝ているばかりで退屈していたが、今はリハビリルームでマシンを使ったり、プールで泳ぐことも許されている。家に帰って引《ひ》き籠《こ》もるより、ずっと優雅《ゆうが》な生活に思えてきた。

入院費の心配がないなら、もう少しこのままでいようかと弱気になってくる。けれど毎日のように見舞いに訪れる鹿嶋のことを考えると、やはり退院して自由にしてあげたかった。

「駄目だ……鹿嶋さんと同居なんてしたら、俺、自分を抑えられない」

股間が痛いくらいだ。有利はベッドから降りると、しっかり性器を押さえながら、よろよろとトイレに入った。

『標的に当たらないのは、重心がふらついているからだ。いいか、現実の敵はじっとしてはいない。動いているものを正確に撃つには、どんな体勢でも射撃姿勢を保《たも》つことだ』

トイレのドアを閉めた途端に、妄想の中の鹿嶋が復活して、熱く語っていた。

『どうした？　何を見ている？　集中しろ』

「む、無理です。隊長……だって……は、裸」

いつの間にか有利は、裸にされて床に転がされている。そこを鹿嶋の厚い靴底で踏みつけられていた。

「あっ、あああっ……」

『おまえの入隊目的は分かっている。同僚のシャワーシーンを盗み見たかったんだろ？』

「ち、違います。たまたま、たまたま見ただけで」

『そうか、わざわざ俺のシャワーシーンを盗み見てたんだな』

「そんなことは……」

妙にリアルなシャワールームのシーンが再び蘇る。ボディシャンプーのボトルを拾い上げた鹿嶋は、優しげに微笑んでいた。

『連日の訓練できつかったか？　緊張しなくていい。もっとリラックスしろ』

まるで現実にそこにいるかのようだ。そう思って鹿嶋に見惚《みほ》れていたら、再び場面は変わって、今度は裸の鹿嶋に踏みつけられていた。

『俺の裸で何回抜いた？』

「そ、そんなこと、し、してません」

『してるだろ？　おまえはそういう男なんだから、さっさと認めろ。返事は？』

「は、はいっ」

『そうか、抜いてるんだ』

鹿嶋は冷笑を浮かべると、有利のものをその手でしごきだす。

「あっ、あああ」

『気持ちいいか？　こんなことをされたかったんだろ？　違うのか？』

「そうです……」

『返事は「はい」だ。短く、はっきりと。緊急時、上官《じょうかん》からの命令は絶対だ。まずは、「はい」と答えろ』

今度は隊服姿の鹿嶋が、凛々しく話している。いったいどこの隊だろう。濃紺の制服は鹿嶋にとてもよく似合っていて、憧《あこが》れずにはいられない姿だった。

「はいっ！」

勢いよく答えた拍子に、どろっとしたものが手の中に溢れ出た。その途端に、鹿嶋の勇姿はぼやけてしまい、有利は現実に引き戻された。

「……俺、何やってんだろう」

目を閉じたままで、有利は脳内に残る鹿嶋の姿を思い出し、何度も反芻して味わった。そうして余韻《よいん》を楽しんでいたら、トイレのドアを激しく叩かれた。

「どうした、有利？　気分、悪いのか？」

現実の鹿嶋の心配そうな声がした。

「へっ？　あ、い、いや、違うよ。すぐに出るから」

慌ててその部分を拭い、下着を直して手を洗った。そうしている間に心臓は、いつもの何倍もの勢いで鼓動を速めている。

トイレを出た頃には、本当に具合が悪いかのように、顔が真っ赤になっていた。

「大丈夫か？」

「えっ、ああ。大丈夫だよ」

男の下半身の事情でなんて、気軽に鹿嶋には言えない。どうしても鹿嶋の前では、恥ずかしいことを口に出来なくなってしまう。

「顔が赤いな。熱でも出たのか？」

鹿嶋は遠慮なく、有利の額《ひたい》に触れてくる。すると先ほどの妄想が蘇り、有利の顔をますます赤くしていった。

「これじゃ検査は無理かな？　滝本先生の診察で許可が出たら、退院出来そうなんだけど」

「だ、大丈夫だって。水飲んで、落ち着いたら元に戻るから」

退院したくなかったのではないか。今なら熱が出たと誤魔化せるのに、有利はそうしなかった。

妄想で苦しむことになってもいい。自分の部屋に戻れば、記憶も戻ってくるだろう。そうしたら鹿嶋とも上手くやっていける方法が見つかるかもしれない。

鹿嶋との関係を諦めたくない。そのためには病院にいてはやはり駄目だ。もっとお互いのことを知り、いつかは鹿嶋を恋人と呼べるようになりたいと、有利は願っていたからだ。

滝本は難色《なんしょく》を示したが、鹿嶋が熱心に説得してくれたので、ついに退院出来ることになった。検診を終えて再び病室に戻ると、私物の整理をして早々に退院手続きを行う。

「いいか、外出はしばらく禁止だ」

バッグに手際よく着替えなどを詰め込みながら、鹿嶋は厳しい口調で言ってくる。滝本にも大野にも言われたのに、またここで鹿嶋に念を押されていた。

「分かってるよ。大人しくしてるから」

滝本の説明では、再発の可能性があるそうだ。縫い縮めた心臓がまた膨らんでしまったら、今度は移植しかないと脅《おど》された。

移植となると、心臓を提供してくれるドナーを探すのも難しい。そんな厳しい現状の説明をされた後では、大人しくしていると言わざるを得ない。

もっとも退院したからといって、特別何かしたいことがあるわけではない。友だちもいなければ、家族もいないのだ。可愛がっていたペットすらいない。誰かが退院を祝ってくれることもないのだし、静かに暮らすしかなかった。

「精算のサインをお願いします」

そう言って入ってきたのは、これまで有利が一度も見たことのないスタッフだった。モデルにでもなれそうなスタイルのいい美女で、どう見ても病院の事務員といった雰囲気ではない。

「初めてお会いしましたね」

有利はにこやかに笑って言ったが、美女は作り物めいた笑顔を崩さず、ただ頷いただけだった。

「俺、病院関係詳しくないんだけど、この料金は高いの？　それとも安いのかな？」

面倒な質問には答えたくないらしい。笑顔が微《かす》かに陰ったかと思ったら、鹿嶋が少し苛立った様子で促してきた。

「さっさとサインしろ。退院したかったんだろ？」

「んっ……」

「心臓の手術したんだ。それぐらい掛かる」

「分かってるよ。ただ、この綺麗なおネェさんと、少し話したかっただけさ」

鹿嶋は怪訝《けげん》そうな顔になる。まさか有利が女性に対して全く性的な関心がないことを、知っているのだろうか。

有利は書類にサインし、美女に渡した。

「退院おめでとうございます。お大事になさってください」

にこやかにそれだけ言うと、美女はさっさと踵《きびす》を返して去ってしまった。

「何だか、みんなロボットみたいだ」

「そうか？」

鹿嶋はそう言うと、膨らんだバッグを三つ手にして有利を促した。

「ほらっ、帰るぞ」

「凄い荷物」

「誰のせいだ。アメコミ何冊も持って来させるから、こうなったんだろ。何でタブレットで読まない」

「えっ、アメコミは紙だよ。紙に印刷してある、ペラペラの本だからいいんだ」

病室を出ると、いつものように廊下を歩いた。相変わらず誰もいない。看護師とすれ違うこともなく、そのままエレベーターに向かった。

エレベーターにはカードキーがあって、それを差し込まないと動かない。そういえば有利はカードキーを持たされていなかったと、今更のように気が付いた。

鹿嶋は慣れた様子でキーを認証させ、地下のボタンを押している。

「そうか……検査室やリハビリルームに移動するときは、いつも看護師と一緒だったから、キーがいらなかったんだな」

　思わず呟いたが、聞こえている筈の鹿嶋は何も言わなかった。

「何で俺には、キーをくれなかったのかな？　ねぇ、鹿嶋さん、どうして？」

　そこでわざわざ鹿嶋の腕を引いて訊いてみる。すると鹿嶋は、しぶしぶといった感じで答えてくれた。

「んっ……患者の中には、逃げ出して喫煙《きつえん》したり、酒飲んだりするのもいるからさ」

「逃走《とうそう》防止ってこと？」

「ああ……おまえだってキーを持ってたら、逃走してカフェとか行ってただろ？」

「それはないよ」

　いや、ないとは言えない。確かに食事はまずくはなかったが、時折どうしてもファストフードを食べたくなって、悶々《もんもん》としたものだ。それを思えば、キーを持たなくて正解だったのかもしれない。

　エレベーターが駐車場に着いた。停まっている車のほとんどが高級車だ。その中に比較的一般向けな黒のＳＵＶ車があった。

　鹿嶋が手にしたキーに触れると、ピョッと音がしてロックが解除される。

「最近の日本の警察も、やっとこのタイプを導入するようになったよね。アメリカなんて、

ＦＢＩもＣＩＡも、何年も前からこのタイプなのに」

何で有利はそんなことを知っているのだろう。アメコミの警察シリーズが好きだからだろうか。鹿嶋は何も言わずに後部のハッチを開き、バッグを積み込んでいる。それを見ていると、また何かが引っかかった。

『出動、麹町《こうじまち》方面、監視カメラに映った』

脳内の鹿嶋が叫んでいた。けれど現実の鹿嶋は、バッグを整えて収めるのに集中している。

「どうした？　ぼうっとしてないで乗れよ」

「はいっ！」

思わず元気よく返事をしてしまう。すると鹿嶋の動きが止まり、じっと有利を見つめてきた。

「あっ、ごめん、つい反射で……」

反射でこんな返事が出るということは、有利はどこかのスポーツクラブにでも参加していたというのか。遊び感覚のスポーツクラブだったら、こんな返事などしない。そこでふと思いついたのは、先ほどトイレの中でしていた妄想だった。

「い、いや、反射じゃなくって、その、最近、アメコミの妄想が酷くてさ」

何を狼狽えて、言い訳めいた言い方をしてしまうのだろう。気まずくなって、有利は車に乗り込んだが、なぜか後部座席に座ってしまった。

親しければ運転席の隣りに座るものだろう。けれどそんなことをしてはいけない気がしたのだ。

「おかしなやつだな？　何でそんなとこに座ってる。もしかしていじけてるのか？」

「いじける？　俺が？　ありえないよ」

そんな言葉は自分にもっとも相応《ふさわ》しくないと思える。けれど鹿嶋の側から離れるように、こんな場所に座ってしまっては、そう思われてもしょうがないだろう。

「前に座れ。俺が落ち着かない」

鹿嶋に言われて、有利は慌てて席を移った。だが鹿嶋の横に乗っているというだけで、心臓は勝手に拍動《はくどう》のピッチを上げている。

地下の駐車場を出ると、すぐに有利は窓を開けた。車外の新鮮な空気を吸いたかったのだ。病院の周囲は公園で、木々の枝葉を風が揺らしている。季節の草花が花壇《かだん》を埋め尽くしていて、爽やかな香りが車内にも運ばれてきた。

「綺麗な街だね」

病院周辺の記憶は一切無い。整備された美しい町並みを見ても、記憶は何も呼び覚まされなかった。

公園を散歩している親子や犬連れの人を見て、有利は思わず口にする。

「普通に暮らしている人を見るのは、久しぶりな気がする。あの病院、見舞い客に会うこともなかったし、入院患者の交流も一切なかったからな」

しばらく走ると、大きなショッピングモールが見えてきた。有利は自分で車を走らせて、そこに買い物に行く場面を想像する。するとわくわくした感じが蘇った。

「俺……買い物とか好きだよね？」

「ああ……無駄なものを買うのが好きだ」

「そっか。早くあのショッピングモールに行きたいな」

「しばらくは外出禁止」

鹿嶋に厳しい口調で言われて、有利は大きなため息を吐く。

買いたい物が脳裏に浮かぶ。季節に合わせた服、さらにニューモデルの靴、アクセサリーは仕事場では禁止だが、休みに出掛けるときは必需品だ。

「えっ？」

そこまで考えて、違和感を覚えた。

有利は在宅勤務なのではなかったか。だったらアクセサリー禁止の意味が分からない。

しかもアクセサリー禁止の仕事場となったら、制服着用の規則が厳しい職場だ。そんなところに果たして勤めていたことがあったのだろうか。

鹿嶋が家から持ってきてくれた服は、どことといって特徴のないものだ。有名ブランドでもないし、量販店の格安ものでもなさそうだった。

ありふれたコットンのシャツにカラーパンツで、カーディガンだけはまだタグの付いた新品だった。それに履き慣れた感じの靴といったスタイルなのだが、どうもしっくりこない。

もしかしたら普段の自分は、もっとぶっ飛んだスタイルを好んでいたのではないか。そんな気もしたが、やはり鹿嶋に問い質《ただ》す勇気はない。

しばらく走った後、車は見覚えのある風景に戻ってきていた。

「あれ？」

病院の側にあった公園だ。そして病院がすぐ近くに見える。一瞬、また病院に戻るのかと、有利は不安になってきて青ざめた。だが車は病院ではなく、対面のビルの駐車場に入っていった。

「ドライブしたかっただろ？」

鹿嶋はさらりと言ったが、この距離だったら何も車を使うことなどない。歩いて楽々家に戻れた。荷物が多かったとはいえ、車を利用する意味が全く分からなかった。

「何だか騙《だま》された気分だな」

「どうして？　自分の家に帰るだけだ。気晴らしになると思って遠回りしたけど、楽しくなかったのか？」

「い、いや、楽しかったけどさ」

マンションの駐車場に、鹿嶋は車を進める。道路を渡ればすぐに病院というマンションだったが、有利はその建物すら知らなかった。

駐車場にも馴染みがない。荷物を手にして先を行く鹿嶋の後を、有利はきょろきょろしながら付いていく。

そのうちに駐輪《ちゅうりん》スペースに、何台かのバイクと自転車が駐《と》められているのを見つけ、目が引き寄せられた。

赤と黒のカラーリングが洒落《しゃれ》ている、大型バイクが目に留《と》まる。なぜかあれは自分のものだという気がした。

ファッションに興味があり、大型バイクを乗りこなす。きっといろいろな場所に出掛けていた筈だ。心臓が弱くて引き籠もっていた病弱な男の姿が、それらとは重ならない。

だが決定的な記憶は、まだ何も蘇ってはこなかった。

エレベーターに乗り込んだが、やはり初めての場所という印象しかない。鹿嶋が部屋の前に立ち、ドアにキーナンバーを入力している間まで、ずっと変わることはなかった。

「有利の部屋の空気は入れ替わってる。毎日、窓を開けているから」

「ありがとう……」

中に入ったものの、立ち尽くすしかなかった。ここはどこだろう。とても自分の家というイメージではない。インテリアも洒落ていて、リビングはあまりものもなく綺麗に片づいていた。馴染みのある生活臭がしない。室内の空気は、空気清浄機で生み出された人工的な爽やかさに満ちていたからだろうか。

有利は呆然《ぼうぜん》と室内を見回す。確かにこの部屋は、鹿嶋には似合っている。きっと鹿嶋は、有利が入院中、もっとも自分らしく暮らせるようにしたのに違いない。そんなことを思いながら、そっと別の部屋のドアを開いた。

「おっと……」

そこは鹿嶋の部屋のようだった。大きなベッドには黒のカバーが掛けられていて、落ち着いた大人の男の寝室といった雰囲気だ。

ここで鹿嶋が寝ているのかと思ったら、心臓がどきどきしてきた。酔った勢いでこの部屋に飛び込み、鹿嶋を困らせたことはなかっただろうか。不安になって鹿嶋の様子を見ると、キッチンに入って料理を始めていた。

「何か手伝うことある？」

訊いてはみたが、自分に料理が出来るとはとても思えない。それはあっていたらしく、鹿嶋の返事は苦笑混じりだった。

「調理中はキッチンに出入り禁止だ。味が薄いからって、勝手に塩や砂糖を足されたら困る。こっちはいいから、さっさとバッグの中のコミック片付けろ」

「分かった……」

どうやら料理担当は鹿嶋らしい。

「鹿嶋さんって、何でも出来るんだな」

重いバッグを手にして、もう一つのドアを開いた。すると突然、懐かしさがどっと押し寄せてきた。

なぜかはすぐに分かる。大量のアメコミとフィギュア特有の臭いがしたからだ。

「うん……ここは、俺の部屋だ」

壁一面の本棚には、アメコミが綺麗に並べられている。そして棚に置かれたヒーロー達のフィギュアが、有利の帰宅を喜んでいるように思えた。

「うんうん、そう、これだ。初めて違和感のないものに出会えた気がする」

病院に持ってきて貰ったアメコミを本棚に戻す。その作業を開始してしばらくするうちに、有利はまた新たな違和感を覚えて手を止めた。

「あれ？」

デスクはパソコン内蔵のもので、椅子は人間工学の最高傑作《けっさく》と言われているものだった。ここで仕事をしていたなら、かなり快適だっただろう。

けれど問題が一つある。

疲れても横たわれるベッドが、この部屋にはない。あるのは小さなソファだけだ。

「……壁に収納されてるのかな？　いや、壁は本棚とフィギュア用の棚だけだ」

有利のような大人の男のベッドとなると、少なくとも二メートル近い長さが必要だ。そんな余裕のある空間は、この部屋にはなかった。

「寝室は別なのか？」

ふらふらと部屋を出ると、鹿嶋に気付かれないように、ドアというドアを開いていった。バスルームにトイレ、日用品を仕舞う棚、そして鹿嶋の書斎《しょさい》が見つかったが、ベッドがあったのはさっきの鹿嶋の寝室だけだ。

「……えっ……それって……」

思い切って寝室に入ってみた。そしてクロゼットを開くと、中には明らかに鹿嶋のものと思われるスーツが数着と、有利が着ているらしい細身のジャケットが吊《つる》されていた。

引き出しを開くと、下着がずらっと並んでいる。黒のボクサーブリーフ、これはどう見ても鹿嶋のものだ。

別の引き出しを開くと、アメコミのヒーローのイラストが描かれたボクサーブリーフが、山ほど出てきた。

「これは……俺のだ」

今もその手のものを穿《は》いている。子供の頃から、有利にとってはこの絵柄のものが下着だったからに違いない。

「寝室にはベッドが一つ……クロゼットは共用」

こういう状況の部屋は、何と呼ばれるのだろう。夫婦の主寝室、そんな言葉が浮かんできて、有利は思わずベッドに座り込んでしまった。

「どうした？　疲れたのか？　ゆっくり眠りたいだろ。しばらく俺はソファで寝るから」

寝室の様子を見に来た鹿嶋が、普通の様子で言ってくる。

けれど黙って聞いていられる内容ではなかった。

「待って……鹿嶋さん。もしかして、この家って、ベッドルームはここだけ？」

「ああ、そうだが」

何を訊いているんだと、鹿嶋は不思議そうな顔をする。けれどたかがルームメイトと、ベッドまで共有するということは、有利には考えられない。そうなると答えは一つだった。

「か、鹿嶋さん、もしかして、俺達って……その、そういう関係？」

「……」

鹿嶋の表情が凍り付いた。それはそうだろう。恋人からいきなり、二人の関係は何だと今更のように問い質されたら、すぐに答えようがないに決まっている。

狼狽する鹿嶋の気持ちは分かるが、有利のほうがずっとパニックだった。

「嘘だろ。そんなこと……あり得ないよ」

いったいいつ、そういう関係になったのだ。少なくともここに引っ越すまでの間にそうなったのだろうと思えるが、それにしても何かおかしい。

「鹿嶋さんみたいな人が、この俺と？　ない、絶対にそんなことない」

「何だ、いきなり？」

「おかしいよ。何なの、これは？　みんなして俺を騙してる？」

「騙すなんて、そんなことする筈ないだろ」

狼狽えながら鹿嶋は寝室に入ってくる。そして肩に手を置こうとしたが、有利のほうが慌てて飛び退《との》いた。

「どうしたんだ？　まさか俺達のことも思い出せないままなのか？」

「……ああ、思い出せない……。俺達付き合ってる？　同棲《どうせい》までしてる恋人同士なの？」

「そうだよ……」

「あり得ない、そんなの嘘だ」

鹿嶋が恋人だったらいい。そんな夢を見ていたけれど、現実だと知らされた途端に有利は何もかも信じられなくなっていた。

「落ち着け、有利。何が気に入らないんだ」

「だって……おかしいだろ。入院している間、鹿嶋さん、一度もキスしてくれなかったじゃないか」

有利の言葉に、鹿嶋は驚いたような顔になる。

鹿嶋の言葉が信じられない理由はそれだけだ。病室にいたころ、最初は鹿嶋が恋人なのかと疑ったこともあった。けれどそれはないと思わせたのは、鹿嶋がハグはしてくれても、自然な感じでキスしてくれたことが一度もなかったからだ。

では何のために有利を騙すというのだろう。金が目当てだろうか。確かに有利は、親の遺産だという高額の預金を持っている。それが目当てでこの鹿嶋が、有利の恋人のふりをしているというのか。

とてもそうは見えない。だからこそ、ますます有利は混乱していた。

「悪かった。その……ドクターに言われて、俺が神経質になってるんだ」

鹿嶋は再び有利に近づいてきて、今度は優しく手を握ってきた。

「セックスはよくないって。激しい運動をするのと同じで、まだ、あまりしてはいけないそうだ。ドクターに訊かなかったのか？」

「そ、そんなこと、一言も聞いてないよ」

「そうか……その、キスしても、男だからな、我慢できなくなったら困るだろ」

本気で鹿嶋は、性欲まみれの高校生のようなことを言っているのか。たかがキスで、どうしようもなくなるなんて、有利には思えない。

「鹿嶋さん、本気で言ってる？」

「本気だ。キスだけでも冷静さを失いそうで……ましてや病院だ。いつ看護師が来るかも分からなかったし、すまない、それで出来なかった」

「本当に？」

いかにもタフでクールな美形といった感じの鹿嶋が、そんなことでキス一つ出来ないというのか。呆れたけれど、何だか鹿嶋の印象が変わった。可愛く思えてきたのだ。

「俺がいない間、鹿嶋さん、どうしてた？」

この調子では、浮気はしていなさそうだが、一応訊いてみた。すると鹿嶋は、照れたように笑いながら言った。

「自分で解決してた」

「病院では、俺もしたよ……鹿嶋さんのこと考えながら」

鹿嶋の手を握り返す。そしてじっとその目を見つめた。

セックスがいけないなんて、大野も滝本も一言も言わなかった。鹿嶋には言ってあるから、それで大丈夫だとでも思われたのだろうか。けれどそう言われたからといって、キスも出来ないというのは馬鹿げている。

「悔しいな……何も覚えてない。もの凄く見たかった映画で、一番いいとこ見逃して、いきなりラスト見せられてる気分だよ」

鹿嶋の手を引き寄せ、そこに唇《くちびる》を押し当てた。すると鹿嶋は、有利の頬を優しく撫でてくる。

「思い出せなくてもいいじゃないか。これから新たに始めるんだ。今からの毎日を、しっかり心に刻み込めばいい」

「きっとリセットするには惜《お》しいほど、素晴らしい毎日だったんだよ。そう思うと悔しい」

過去は思い出せないが、自分がそれなりに経験を積んでいるというのは何となく分かる。

そんな有利が、鹿嶋を口説《くど》き落としたのだろうか。それともこの意外に純情そうな鹿嶋が、勇気を出して有利を口説いてきたのか。

「どうやって鹿嶋さんと知り合った？　何回デートして、抱き合うようになったんだろ。最初はどっちかの家？　それともホテル？　まさか車の中ってことはないよね」

どんな素敵なシーンだったのか。思い出したくてたまらないのに、何も脳裏に浮かんでこない。はっきりと見えるのは、困惑している鹿嶋の顔だけだった。

「やらなくてもいいよ。だけど、せめてキスはして……ハグされるだけなんて嫌だ」

ついにたまりかねて、有利は鹿嶋に抱き付いていた。

そのまま自然と唇が重なった。

キスで魔法は解けるものだ。きっとこのキスで、何もかも思い出すだろうと思っていたが、そうはいかなかった。

鹿嶋のキスはぎこちない。したくないのではないかと思って、有利は唇を離してしまった。

「鹿嶋さん……キス、嫌い？　したくないんだ？」

「そんなことはないが」

たかがキスだと侮《あなど》ってはいけない。キスをすれば、相手の気持ちが有利にはすぐに分かってしまう。残念なことに鹿嶋とのキスは、有利を拒んでいるように感じられた。

「苦手なんだ。知ってるだろ」

「覚えてない。俺はキス好きだよ」

「知ってる。有利は上手いが、俺は、照れてしまって駄目なんだ」

「そっか、だから下手《へた》なんだね。だけど照れる必要ないよ。やっと二人きりになったのに」

再び有利は、鹿嶋に襲いかかった。唇を重ね、舌先でそっと鹿嶋の唇を開いていった。

それにしても変だ。鹿嶋が下手すぎるせいなのか、まるで初めてキスをするような感覚しかない。

「これ以上は危ない。過激なセックスは禁止だから」

有利が舌を差し込み、激しいキスに持ち込もうとしたら、いきなり鹿嶋は有利の体を押し戻して離れてしまう。

「何で？　どうしてセックス禁止？　一人でするのと、そんなに変わらないじゃないか」

「いや、違う。一人ならいってしまえば終わるが、二人になると……有利の場合はエンドレスだ」

「…………」

有利は目を瞬き、その場で固まった。

自分の知らない面を突きつけられたと思ったがとんでもない。自分でも鹿嶋のその言葉には、素直に納得してしまえたのだ。

「そうだね……かもしれない」

「俺は有利を死なせたくない。頼むから、もうしばらくは安静《あんせい》を心がけてくれ」

そこでまた鹿嶋は、有利をぎゅっとハグしてくる。そこに愛が感じられて、有利は改めて鹿嶋を信じる気になった。

「一緒に寝たら、つい手が出てしまうかもしれない。かといって有利をこの家で一人にはしておけないし。分かってくれ。夜は、俺がソファで寝る。それが一番無難《ぶなん》だ」

「駄目だよ。そんなことしたら、鹿嶋さん、疲れが取れないだろ。俺が我慢すればいいだけじゃないか」

鹿嶋の体を有利自《みずか》ら強く抱き締める。するとたまらない幸福感に包まれた。

ずっと夢見ていたシーンのような気がする。そういえば入院中も、何度もこんな場面が脳裏に浮かんでいた。誰にも遠慮せずに抱き合い、愛を確認する。そんなシーンを夢見ていたが、それがついに叶ったのだ。

「それに俺……鹿嶋さんが俺の恋人なんだって分かったら、もう……離れていられない」

「今頃、気付いたのか？　じゃあ、入院中、どんな目で俺を見てたんだ」

「……ただの……ルームメイト」

　鹿嶋が怒るかと思ったら、大きくため息を吐いただけだった。

「いっそ、ただのルームメイトのままのほうがよかったのかな？」

　有利は慌てて大きく首をぶんぶんと横に振った。

「ルームメイトのままでなんていられないよ。俺がどんなに病院で悩んでたか、鹿嶋さん分かる？」

　元を正せば、鹿嶋に訊ねなかった有利が悪い。けれどキスすらしてくれなかった鹿嶋も、同じように悪いと有利には思えた。

「けど、まだ信じられない。本当に鹿嶋さん、俺と付き合ってるんだ。この家には、いつ引っ越したの？　最初から、俺と同居してた？」

「質問攻めか？　自分で思い出さないと、脳の海馬《かいば》部分が崩壊するぞ」

「とっくにぐちゃぐちゃになってるよ。思い出せないんだから、教えてよ」

　わがままなやつだと思われてもいいから、思い切り鹿嶋に甘えてみたかった。この程度のことで、鹿嶋は有利を嫌ったりしない。そんな自信が湧いてきて、気が付けば有利は誘うように鹿嶋の首筋に唇を押し当てていた。

「教えてくれないなら、ここで裸になるけど」

「バカ言ってるんじゃない。病院が近いから、ここにしたんだ。半年前から住んでる」

「そのうちの三カ月、俺は入院してたのか」

「そうだな。もう入院はしたくないだろ。だったら大人しくしてるんだ」

しがみついた有利を、鹿嶋は引《ひ》き剥《は》がそうとしてくる。けれど有利としては、もう一時《ひととき》も鹿嶋と離れていたくなかった。

「食事の用意、させないつもりか？」

苦笑しながら言われたが、有利は食事なんてもうどうでもよくなっている。

誰にも遠慮しなくていいのだ。好きなだけ鹿嶋を独占していい。なぜなら鹿嶋は、有利のものなのだから。

「離れたくない。もしこれが夢だったらどうしよう。目が覚めたら、またあの病室で、鹿嶋さんがいなかったらと思うと、怖くてたまらないんだ。俺……鹿嶋さんのこと、もの凄く好きだったんだと思う。なのに忘れてた……。取り戻したいんだ。二人の時間を取り戻したい」

有利の全身が震えていた。鹿嶋と会えなくなると思った瞬間、どうにも説明のしようがない恐怖が襲ってきたのだ。

その様子に気が付いたのか、鹿嶋はもう有利を引き離そうとはせず、再びしっかりと抱き締めてくれた。

「分かった。分かったから、落ち着け。もう何も心配しなくていい。ベッドで一緒に寝よう。一人にはしないから」

「んっ……離さないで。側にいて……」

愛しているなんて言ってくれなくてもいいのだ。ずっと離れずに側にいてくれさえすれば、有利は幸せなままでいられる。

出会いのシーンも忘れた。初めて抱き合った日のことも忘れた。何一つ思い出せないままなのに、鹿嶋を好きだという気持ちだけは揺らがない。

「好きなんだ……鹿嶋さんのこと大好きなんだよ」

今更の告白なのに、涙が溢れてくる。甘い言葉がなぜか悲しいものに感じられて、途惑《とまど》いながらも有利は、涙が流れるままにしておいた。

食事は薄味だったが、病院で出されたものと遜色《そんしょく》ないぐらいおいしかった。鹿嶋なりに考えてくれたのか、病院ではあまり出されなかったパスタがメインだったから、余計においしく感じられたのかもしれない。

「いいか。ざっと汚れを落としたら、食器洗浄機に入れて、洗剤はこのキューブ一つだ」

鹿嶋は見本を見せてくれているが、食後の皿洗いまで、有利は鹿嶋の側にべったりとくっついていた。まるで親鳥から離れられない雛《ひな》のようだ。

「今週は帰れるが、来週の月曜からはまた大阪出張だ。昼食と俺がいない間の夕食は、冷凍庫に入っている減塩セットメニューをレンジで温めて食べる」

冷蔵庫から冷凍食品を取りだして、鹿嶋は説明してくれたが、その内容よりも大阪出張といった言葉のほうが気になってしまった。

「また大阪？」

本当に大阪に行くのだろうか。もしかしたら毎回出張と偽《いつわ》って、他の誰かと会っているのかもしれない。以前、鹿嶋と親しげに話していた滝本の姿が浮かんできて、有利は苦しくなった。

「このストックがなくなったら、ネットでメニューを見て申し込めば、すぐに届けてくれる。会員パスワードはこれだ。間違ってもカップラーメンとか、冷凍パスタやファストフードに手を出さないでくれ。今の有利の心臓には、塩分は毒と同じだ」

「何でいつも大阪なんだよ。ワールドカップ？　もう施設は完成してるんだろ？　もうすぐ開催じゃないか」

「おい、人の話聞いてるのか？」

「聞いてる。そこのメモにあるパスワードを入力して、好きな減塩メニューを申し込めばいいんだろ。バーガーとかピザとかチキンなんて、買って食べないから安心して」

食事の心配なんて、そんなにしてくれなくてもいい。少なくともネットで減塩メニューを申し込むぐらい、教えられなくても楽々出来る。

問題は鹿嶋がまたもやいなくなることだ。入院中も何度か出張でいなくなっていたが、またあの寂しい思いをするとなるとやはり辛《つら》かった。

「ワールドカップに行きたかったのは、分かっている。だから仕事とはいえ、大阪に行く話をするのは、俺だってかなり遠慮していたんだ」

問題は大阪じゃない。出張で家を空けることだ。けれど鹿嶋は、行き先に問題があると捉《とら》えているようだ。

「手術前に試合を観に行く約束したけれど、今は感染症にやられたらアウトだ。何万人もが世界中から集まる大阪に、有利を連れて行くわけにはいかない」

「分かってるよ。試合は大人しくテレビで観るから……」

「銃やナイフを持った人間だけが危険なんじゃない。検疫《けんえき》で見つからない病原菌保持者《びょうげんきんほじしゃ》も、有利みたいな病人には危険なんだ」

「……」

また何かもやっとした。有利は鹿嶋の腕にしがみつき、目を閉じて脳裏に浮かぶぼんやりした映像を捕まえようとした。

『テロリストが武装しているとは限らない。見えない細菌《さいきん》で攻撃してくることもある。インフルエンザウィルスは、健常者《けんじょうしゃ》にとってたいした脅威《きょうい》ではないが、持病のある者、高齢者、幼児、そして……手術後間もない人間には脅威となりうる』

ここはどこだろう。教室とか会議室のようだ。そこで紺色の制服姿の鹿嶋が、教鞭《きょうべん》を執《と》っているかのように見えた。

『どうしても必要があるとき以外は、直接の接触を避けろ。君達が菌を媒介《ばいかい》するようなことがあってはならない』

いったい何の講義なのだろう。部屋には西日が射し込んでいて、鹿嶋の顔が半分燃えたように赤くなっていた。

「どうした？　気分が悪いのか？」

「えっ……あ、平気」

凛々しい鹿嶋があそこにはいる。有利の妄想世界なのかもしれないが、制服姿でまるでヒーローのような雰囲気だ。

現実の鹿嶋が、妄想の鹿嶋に著《いちじる》しく劣《おと》っているということはなかった。有利には柔和な表情ばかり見せているが、これが厳しい表情になったらどうだろう。

妄想世界の鹿嶋と、何一つ違わない筈だ。

「ちょっとふらつく。シャワー、一緒に浴びて。バスルームで倒れたら、ダメージ凄そうだから怖い」

「あ、ああ、分かった。今片付けるから、座って待ってろ」

「んっ……」

ソファに座らされて、テレビのリモコンを与えられた。壁一面の薄型テレビでは、様々な番組が映し出されていたが、その中から有利は自然とニュースを選んでいた。

『ワールドカップのテロ対策として、今期から導入されたロボットポリスです』

画面には子供のような大きさのロボットと、紺色の制服姿の警察官が映し出されていた。

「あっ……」

妄想の中で、鹿嶋がいつも身に付けているのと全く同じ制服だ。妄想とも思えないほど、細部まで全く同じだった。

『このロボットに取り付けられたカメラが、街中に設置されている監視カメラと全く同じように、すべてを記録していきます』

制服姿の警察官が、アナウンサーに向かって説明している。その生真面目《きまじめ》な表情まで、鹿嶋がいつも浮かべる表情によく似て見えた。

「俺の会社の製品だ。こいつらがマヌケなせいで、年中大阪出張になるのさ」

後片付けをしながら、鹿嶋はテレビを示して言ってくる。

「鹿嶋さんの会社って、ああいうの作ってるんだ」

「俺は技術担当じゃない。営業と設置、それにクレーム担当だけど、今は忙しくて兼業だ」

以前から鹿嶋の仕事は知っていた筈だ。それで警察官の姿が鹿嶋と重なって、あんな妄想に結びついたのだろうか。

「問題は軽すぎることだ。追跡装置やサイレンは付いてるが、持ち運びは簡単でね。盗まれやすい。想定外の場所に移動したときには、遠隔操作で機能停止に出来るが、見つけ出して回収しないといけない。外国人の中には、おもちゃみたいに簡単に使えると思ってるやつらもいるからな」

鹿嶋はそこで大きくため息を吐いた。

「一体作るのに、どれだけ金が掛かってるか公表も出来ない。なぜなら、やつらを人質《ひとじち》、ま、ロボットだが、盗んで身代金《みのしろきん》を請求されるかもしれない」

「そんなに高いの？」

「ああ高い。高いが……警察官の命よりは安いさ」

ことんと何かが心に響いた。そしてまた妄想世界が脳裏に広がる。

『簡単に命を捨てるな』

鹿嶋は大型の銃を手にして、有利を見ながら真剣な口調で言ってくる。

そのとき有利は、鹿嶋のためなら自分はきっと平気で命を捨てるだろうと思った。

画面ではロボットが、人間らしい口調で話している。

『あなたがしていることは、日本の法規に違反します。よって直《ただ》ちに逮捕いたします』

その後ロボットは、同じ内容を数カ国語に直訳して話していた。けれどロボットに対する驚きよりも、有利は鹿嶋がどうしてこう頻繁《ひんぱん》に、妄想世界で警察官の姿で出てくるのか、そのほうがずっと気になっていた。

「終わったぞ。おいで、シャワー浴びたいんだろ？」

「んっ、あっ、はいっ！」

思わず勢いよくソファから立ち上がってしまった。すると軽い目眩《めまい》が襲ってきて、再び座り込んでしまった。

「大丈夫か？　シャワーはやめたほうがいいんじゃないか？」

「平気。ただの軽い立ちくらみだから」

体はもう十分に回復している。目眩の原因は、どうやら脳内妄想が原因のようだ。鹿嶋の姿を思い浮かべ続けると、目眩に似た症状が襲ってくる。

まるでそんな妄想を思い浮かべるなと、警告されているかのようだ。

よくよく考えてみれば、そんな妄想などもう必要はないだろう。鹿嶋が恋人だとはっきりしたのだ。こうして一緒に暮らすうちに、過去も自然に思い出せるに違いない。

幸せになるには、日々を楽しく暮らせるように、有利が努力する必要がある。そのためにも妄想に振り回されてばかりもいられなかった。

「ねぇ、思うんだけどさ、最初は俺のほうが一目惚《ひとめぼ》れ状態だったんじゃない？」

バスルームの前で服を脱ぎながら、またもや有利は確かめる。

「何度も話しただろ。スポーツバーで、隣の席にいたって」

「日本代表を応援してるうちに、仲良くなったんだろ」

「ああ、それから何度か、スポーツバーで試合を観戦してるうちに、もっと仲良くなった」

そう言いながら鹿嶋も、着ているものを脱いでいく。

上半身が現れただけで、有利の動きは止まった。

目が一時も離せない。妄想していたとおりの、素晴らしい肉体が現れたからだ。

割れた腹筋、盛り上がる胸筋、逞しい腕が目の前にあった。そのままアメコミのヒーローを名乗ってもいいくらいの、素晴らしい肉体だ。

さらに下半身が現れると、有利は気を失いそうになった。

形のいいヒップ、脹《ふく》ら脛《はぎ》は盛り上がっているのに、きゅっとしまった足首と申し分のない下半身だ。しかも項垂《うなだ》れた状態でも、性器は十分な大きさを保っていた。

「さっさと脱げ。何、ぼうっとしている」

「あっ、その、入院してて、痩せちゃったから、傷もあるし、体見られると恥ずかしいかもしれない」

「何バカなこと言ってるんだ。傷は病に勝った印《しるし》だ。恥じることは何もない」

そんな台詞を鹿嶋以外の男が口にしたら、とても恥ずかしく感じられるだろう。けれど鹿嶋の口からだと、いとも自然に聞こえるから不思議だ。

有利は励《はげ》まされ、さらに鹿嶋に手伝われて着ていたものを脱がされてしまった。

恥ずかしいことに、有利はすでに興奮している。だが、鹿嶋が本当に恋人なら、こういう反応は見慣れている筈だ。むしろお互いに裸になって向き合うのは久しぶりなのに、何も感じていないほうが不自然だろう。

「有利は綺麗好きだからな。入院中も、よくシャワーを浴びてたが……お湯に長時間浸かるのはしばらく禁止。サウナも温泉も駄目だ」

シャワーの下に有利を立たせると、鹿嶋は湯の温度を調整して早速洗い出す。その間も、鹿嶋の性器に変化はなかった。

有利は固まったまま、じっと鹿嶋の体を盗み見る。

理想の肉体をしているだけでなく、男らしい色男で、おまけに性格は柔和でとても優しい。家事も楽々こなして料理もするし、真面目に仕事に取り組んでいる。

すべての人が理想とするような男が、現実にいることが信じられない。しかもその鹿嶋が、有利の恋人だというのだ。

鹿嶋は興奮した有利のものは無視して、さっさと体を洗っていく。胸の手術跡だけは、丁寧に優しく洗ってくれていた。

またもや湯気に満ちたシャワールームが蘇る。こんな綺麗なバスルームじゃない。大勢の話し声がしていて、鹿嶋は下半身にバスタオルを巻いただけの姿で歩いていた。

あのバスタオルを引き剥がしたい。

中が見たいと妄想していたのではなかったか。

現実でこれまでに何度も見てきた筈だ。なのに妄想には、なぜか性器の形までは一度も出てこなかった。

「ほらっ、綺麗になった。さっさと拭いて、体が冷えないうちに眠ったほうがいい。久しぶりに帰ったんだ、疲れただろう」

「心配しなくても、俺なら……大丈夫だから」

腰にバスタオルを巻いた妄想世界の鹿嶋を見ていたときに、何をしたいと考えていたんだろう。そうだ、こんなことをしたかったのだと有利は思い出し、そのままそこで跪《ひざまず》いていた。

「目眩がするのか？」

「そう……じゃない」

鹿嶋の足に縋《すが》り付き、気が付けば顔を性器に近づけていた。

「これが……したかっただけ」

鹿嶋のものにキスをする。そして口をさらに開いて、先端の部分を呑み込んだ。

恋人だと分かっていたら、病院でも構わずにやっただろう。三カ月も鹿嶋に我慢させていたなんて、それだけでも許せない気分なのに、有利がこのままお預け状態でいられるわけがない。

「有利、そういうことをするのはまだ早い」

なぜか鹿嶋は慌てている。そして有利の顔を引き離そうとしていた。

「大丈夫だよ。フェラするぐらい、たいした運動量じゃないだろ」

有利が入院中は、鹿嶋だって不自由していた筈だ。そう思うと、少しでも気持ちよくしてあげたい。

「しなくていい。さっきからふらふらしてるのに、無理するんじゃない」

「入院する前にはやっただろ？　激しかった？　俺、覚えてない。大損《おおぞん》した気分だよ」

どんなに情熱的なセックスだっただろう。思い出せないのが心底悔しい。なぜ、おかしな妄想はすぐに思い浮かぶのに、本当にあった素晴らしい時間は蘇らないのか。

「きっと……凄かったんだろうな。鹿嶋さんは時々、激しくなっちゃう俺を叱《しか》ったりして、それでも朝まで……」

鹿嶋のものの先端を舐《な》めながら、その合間に有利はうっとりと喋り続ける。

「俺、泣いたりしたのかな？　結構、泣き虫だよね」

「……ああ……そうだな」

　やっと鹿嶋のものも反応してきた。けれどやはり腰は引けていて、どうにかして有利を思い止まらせようとしていた。

「気持ちは嬉しいが、退院したばかりだ。無理するんじゃない」

「鹿嶋さんは、どうして自制出来るんだろ？　俺の体がそんなに心配？」

　自分の欲望よりも有利の体を心配してくれるなんて、何と優しいのだろう。有利は愛しさ全開で、さらに口を開いて喉奥まで鹿嶋のものを呑み込んだ。そしてゆっくりと顔を動かし、鹿嶋を喜ばせようとした。

「やめろって言ってるのに……何でやめない」

　自分の体なんてどうなってもいい。鹿嶋の喜びが、自分の喜びになる。そう思った有利は、技巧《ぎこう》の限りを尽くして鹿嶋のものを舌先で愛撫《あいぶ》した。

「んっ……」

　さすがに鹿嶋も、愛情のこもった愛撫には耐えられなかったようだ。硬直したものを、有利の口中に押し入れるように動かしている。

「んっ、んんっ、有利、お、おまえってやつは」

「んんん……うっ、うう」

　有利は夢中だった。鹿嶋の感じているだろう喜びを、自分も同じように味わっているかのように、性器の先端から蜜《みつ》を滴《したた》らせて呻いている。

そろそろ鹿嶋はいきそうだ。さすがにこのままいかされるのはまずいと思ったのか、鹿嶋は有利の頭を無理に引き離してしまった。

「はぁっ、あっ、ああ」

口中から抜いた瞬間、鹿嶋の性器が激しく有利の顔に当たった。それだけで有利は自分が果てたのを感じた。

性器を触られてもいない。あの部分に何かを埋め込まれているわけでもない。なのに甘《かん》美《び》な快感に追い詰められて射精してしまったのだ。

「あっ……ああ」

全身がとろとろになったように感じながら、再び有利は鹿嶋のものにむしゃぶりつく。そして必死に舌を蠢《うごめ》かしていたら、苦いものが口中に溢れてきた。それをそのまま呑み込む。

続けて鹿嶋の口から、大きなため息が漏れるのが聞こえた。

鹿嶋の手が優しく有利の髪を撫でている。有利は跪いたまま、鹿嶋の体に抱き付いて、いつか泣いていた。

「こんなこと……ずっとしたかった。鹿嶋さん、好きだ。大好きなんだ」

「ああ、分かってるよ。何度も言うな。照れるだろ」

「だって……本当に好きなんだ」

命を捧《ささ》げてもいい。あなたのためなら、死んでも後悔はありません、そんな大仰《おおぎょう》な台詞が浮かんできて、有利は苦笑する。

恥ずかしい台詞を言わなくても、鹿嶋は十分に有利の気持ちに応えてくれている。なのに妄想世界そのままに、いつまでも鹿嶋を上官のように思ってしまう自分がおかしかった。

「綺麗にしたのに、また汚したな。洗ってやるから……」

鹿嶋の手が伸びてきて、有利は立たされる。体を再び洗ってもらう前に、有利は酔ったように鹿嶋に抱き付いていた。

確かな鹿嶋の肉体を感じた。だからこれは夢じゃない。現実なのに、まるで夢のように素晴らしい時間だった。

シャワーノズルから噴き出す湯を口に受けて、有利は誘うように鹿嶋を見つめる。これからも以前と同じように、こうして愛し合いたいとのアピールだった。

鹿嶋のものを呑み込んで、一体感がより深まったように感じられたが、以前はどうだったのだろう。

「ねっ、教えて。最初は、どっちから口説いた？　ベッドに誘ったのは、どっちが先？」

こんな色男なのに、鹿嶋は恋愛に対しては不慣れに感じられる。だったら積極的に誘ったのは有利からなのだろうが、出来れば最初は鹿嶋に押し倒されたかった。

「日本代表が試合に勝って、二人ともかなり酔ってたからな。気が付いたら、俺のベッドで二人で寝ていた。しかも……裸で」

酔って覚えていないというのか。鹿嶋のことだから、恥ずかしくてわざと誤魔化しているのかもしれない。

有利の誘いに乗せられた、そんな気もするが違うだろうか。

「覚えてないなんてもったいない。俺だったら、どんなに酔ってても、絶対にそんな素晴らしい瞬間は忘れないのに」

「以前のことはリセットして、今日の分からしっかり覚えていけばいいさ」

「うん……」

今夜のことは忘れたくない。以前の記憶が何もないのだから、これが二人のスタートになったのだ。

鹿嶋に抱き付き、有利はキスをねだる。

鹿嶋との今度のキスは、以前より少し進歩していた。

夜中に何度も目が覚めて、その度に隣りに寝ている鹿嶋の寝顔を確認した。いい男は寝顔すら美しい。何度もため息を吐いては寝顔を見つめ、抱き付いて再び眠りについた。

『退路は断たれた。奥の手術室に向かうしかない』

夢の中の鹿嶋が、今回は滝本を連れている。滝本は怪我《けが》をしていて、額に血が滲《にじ》んでいた。

『私が援護します。その間に博士を連れて、移動願います』

どうやら有利も銃を手にしているらしい。使いやすそうな銃だ。

『蘭、無理するな。私が援護に回る』

『いえ……隊長。あなたに死なれては困ります。私なら……あなたのために死ねることが、最高の喜びなのですから』

有利は飛び出し、物陰に隠れていた敵を迷わずに撃つ。

「んっ！」

そこで目が覚めた。冷や汗がどっと出ていて、まるで本当にその場にいたかのように、まだ心臓がどきどきしている。

隣りに鹿嶋はいなかった。それが不安を掻き立て、有利は寝室から飛び出していた。

「鹿嶋さんっ！」

思わず隊長と呼びたくなってしまった。それを抑えて鹿嶋さんと呼んだのは正解だ。すでにワイシャツにネクタイ姿に着替えてキッチンに立つ鹿嶋は、いかにも営業職のサラリーマンらしい姿だ。隊長なんて呼ばれても、何でそんな冗談を言うのかと笑われそうだ。

「よく眠れなかったんだろ。もっと寝ていてもいいんだぞ」

「もう仕事に行ったのかと思った」

「とりあえず朝食についてだが……目玉焼きにソースとマヨネーズは禁止。塩胡椒《しおこしょう》してあるから、それだけで食べろ」

「……うん……」

白い皿の上には、見事な目玉焼きが乗っている。プチトマトの赤と、アスパラの緑がいい取り合わせだった。

「バターも減塩タイプだが、塗りすぎるな。ジャムも一度に大量摂取は禁止だ」

「うん、分かった」

パジャマ姿のままでダイニングテーブルに着いたが、そこで有利は夢のことを鹿嶋に話そうかと迷った。

あまりにも頻繁に、同じような夢とも妄想ともつかないものを見る。それは記憶障害と、何か関係あるのだろうか。精神科医と相談したほうがいいのか訊きたくて、有利はしばらく考え込んでいた。

「久しぶりに仕事先にアクセスしてみたらどうだ？　無理をすることはないが、一日、家で一人だと退屈だろ」

「そうだね……あの……」

何で妄想の中の鹿嶋は、いつも警察官の制服姿なのか。もしかしたら鹿嶋は、以前は警察官だったのかもしれない。セキュリティの会社には、そういった関係で転職したのではないか。そんな疑問も浮かんだが、口にすることはなぜか出来ないままだ。

「一日、パジャマでいるのは禁止。ちゃんと着替えて、顔も洗ってから仕事しろ」

まるで厳しい兄のように、鹿嶋は立て続けに言ってくる。

「あ、あの、鹿嶋さんの会社ってどこにあるんだっけ？」

「会社？　ああ、社にはほとんどいない。外回りばかりだから、何かあったら携帯に直接掛けてくれればいい」

「そ、そっか。そうだった」

「具合が悪くなったら、病院に直接連絡しろ。これが直通番号だ。蘭と言えば、すぐに分かるようになってる」

　メモを出してきびきびと指示を出す鹿嶋の姿から、また妄想の鹿嶋が浮かび上がる。思わず敬礼しそうになって、有利は自分の腕を掴んでいた。

「昼食は減塩セットメニューだ。俺は、そうだな。七時、遅くても八時までには帰るから、夕食前に空腹になってもフルーツで飢《う》えを凌《しの》げ。リンゴとバナナとオレンジがあるから」

「はいっ！」

　やはり自然と手は動き、思わず敬礼してしまった。すると鹿嶋は、一瞬緊張した様子を見せる。有利は咄嗟に、ふざけてみせた。

「ラジャー、隊長。減塩作戦、実行いたしますっ」

「すまない。命令口調になってたな。俺のほうが年上だからって、つい、有利を子供扱いしてしまった。悪かった」

「別に謝るようなことじゃないよ。心配してくれてる証拠だ。嬉しいよ」

　有利は手を伸ばして、鹿嶋の手を握る。大きながっしりした手は、心持ち汗ばんでいるように感じられた。

「うるさく感じるようなら、そう言ってくれ。ストレスは何よりいけないんだから」

「ストレスなんてない。掃除と洗濯ぐらいはやるよ。モニターの前で、一日中じっとしているなんて、それこそストレスの元だ」

「ああ、ぜひやってくれ」

鹿嶋のカップに、有利はできたてのコーヒーを注ぐ。鹿嶋はありがとうと呟いて、ブラックで飲み始めた。

その姿には見覚えがある。一年近く付き合っているのだから、見覚えがあって当然なのだが、そういうのとは違って、夢で見た場面を現実で見る、デジャブのような感じがした。

「おっ、早速ロボットポリスを盗もうとしたやつが出たな」

スマートフォンの着信メールを見ていた鹿嶋は笑い出す。

「異常事態になると、サイレンを鳴らす機能があるんだ。街中で大音量を響かせるから、持ち逃げするのは簡単でも、すぐに見つかる」

「攻撃機能はないの？」

「そうなんだ。一番難しいのはそこさ。日本でも警察官の発砲《はっぽう》は許されているが、ロボットだけに誤射《ごしゃ》の可能性がある。誰が敵で、誰が助けるべき弱者か、判断がつきにくい」

真面目に話す鹿嶋の顔は、やはり警察官のように思えてしまう。だが、過去に警察官だったからどうだというのだ。それが今のこの幸福な生活に、わずかでも影を落としているようには思えない。

むしろセキュリティ機器の会社だったら、警察官よりもずっと安心出来る。少なくとも妄想世界の鹿嶋のように、銃を手にして戦う必要はないのだから。

「それじゃ、後は有利に任せて出掛けるよ。日中、おかしな勧誘やセールスが来ても、出なくていいから」

「五歳児の留守番みたいだな」

有利の言葉に、鹿嶋は苦笑いを浮かべる。

「いい男がやってきても、ドアは開くな。そいつは狼《おおかみ》の可能性がある」

「心配しなくていいよ。鹿嶋さん以上のいい男なんていないから」

鹿嶋は微笑むと立ち上がり、スーツの上着に袖を通した。その姿を見ていると、悲しみがふつふつとわき上がる。

仕事だというのは分かっている。入院中だって、鹿嶋と一緒にいられる時間は限られていた。有利はこの家で、ひたすら鹿嶋の帰りを待つしかない。

玄関まで見送り、有利はそこでキスをねだった。鹿嶋は少し躊躇《ちゅうちょ》したが、挨拶《あいさつ》程度の軽いキスをしてくれた。

「いってらっしゃい」

「いってきます」

ドアが閉まる。初めてこの家で一人になって、有利は落ち着かない気分になった。何カ月かはここで暮らしていたのだろうが、全くその実感がない。唯一落ち着けるのは、馴染みのあるコミックの匂いに満ちた自室だけだ。

「いってらっしゃいに、いってきますなんて、新婚みたいだ」

鹿嶋のことを考えると、不安な気持ちは薄らぐ。こんなに幸せなのに、自分で不安のタネを探そうとしてしまうことを、有利は反省した。

キッチンに戻り、鹿嶋が飲み残したコーヒーを口にした。

苦いブラックコーヒーだ。有利は砂糖とミルクを入れた甘いコーヒーが好きなのに、どうしてわざわざこんな飲み残しを口にするのだろう。

目の前の風景が変わっていた。どこかの食堂のようだ。

コーヒーを鹿嶋に運んでいる。鹿嶋はありがとうと呟いて受け取り、半分ほど飲んだところで呼び出された。カップを片付けながら、有利は飲み残しを素早くすべて飲み干す。

鹿嶋との間接キス、そんな中学生並みの思いに駆られていた。

「えっ？」

またもや妄想の世界に飛んでいた。そこでの鹿嶋はいつだって紺色の制服姿だ。

「おかしいな？　やっぱり何かあるんじゃないか？」

考えながら朝食の後片付けをした。部屋の掃除と洗濯をしている間も、ずっと考え続けたが、意識して考えるとかえって上手くいかないようだ。妄想は何も浮かんでこなくて、点けっぱなしのテレビの音声に意識を乱された。

「そういえばＣＭも変な感じだった」

入院中もテレビを観ていたが、手術後すぐに観たＣＭに見覚えがなかった。季節によって切り替わるとはいえ、すべてが大きく入れ替わっているような気がした。

「入院までテレビを観ていたなら、観なかったのは二日？　三日かな」

それぐらいの短期間で、すべてが入れ替わる筈がない。自分のことは覚えていなくても、毎日何気なく観ているＣＭのようなものは忘れていなかった。名前を聞けば、その商品がすぐに思い出せる。だからこその違和感だった。

「アメコミの内容も忘れていなかったのに……おかしいよな、買い忘れがある」

入院中に新刊を注文して読んだが、前回の内容を忘れてはいなかった。けれどおかしなことに、有利ともあろうものが、新刊を何冊か買い漏らしていたのだ。

そんなことはこれまでなかったような気がする。マニアというものは、余程《よほど》のことがなければ買い漏らしたりはしない筈だ。

有利は自室に駆け込み、入院中に買った新刊をずらっと並べる。そして発行年月を確かめた。

「タイムラグだ……。手術で記憶を無くしたと思ってたけど、そのずっと前からだ。半年近く俺には空白の時間がある」

では何があったのだ。そしてここにいる自分は、本物の蘭有利なのだろうか。

有利はパソコンをオンにしてみた。メールにはダイレクトメール一つ入っていなくて、唯一あったのが警察からのものだった。

『蘭有利様
警視庁サイバー犯罪取り締まり局への協力に感謝いたします。先月までの貴殿《きでん》の調査結果による検挙率《けんきょりつ》は七十八％の高水準でした。しばらく休養とのことですが、ぜひ引き続き協力を願えればと思います。

報酬金額確認の上、相違ありましたら、担当白河《しらかわ》までご連絡ください』

担当らしい若い女性の顔が、メールの横できらきらと輝いていた。

「つまり……俺がネットで犯罪を摘発《てきはつ》すると、お金が振り込まれるってことなんだな」

そのメールの日付は、手術日の二日前になっていた。

「この日まで、仕事をしていたってこと？　俺が、ネット犯罪の摘発？」

何か違う。アメコミの新刊が出ているのに、買いもしないで仕事をしていたとは思えない。しかも一日中、パソコンのモニターとにらめっこしている仕事なんて、有利らしくなかった。

「警察がこういった仕事を外注するようになったのは、何年前からだろう？」

そういった知識が全くない。有利はモニター画面の中に、答えを探し始めた。

ネットの中に溢れている話題も、やはり違和感がある。タレントの話題から新作ムービーまで、どれもよく知らないものばかりだ。

試しに過去の自分の仕事を探ってみると、過激なエロサイトや高額な課金に導く巧妙《こうみょう》な詐欺《さぎ》サイトがいくつも出てきた。

「なるほど、探し始めたらエンドレスだな。俺って真面目。飽きずにちゃんと仕事はしてたんじゃないか」

遺産は十分あるのに、有利は真面目に働いていたようだ。支払われている報酬金額は、フリーランスの若者にしてはかなりいい。

「犯罪を見つけられるってことは、社会常識もあるってことだろ？　なのに……自分の身に起こっていたことが分からない。記憶障害って、こういうものなのかな」

脳神経の医者は、麻酔による一時的なものと診断した。けれど果たして本当だろうか。

そんな疑いを抱きつつ、次々と画面を切り替えていた有利の手が止まった。

「何だろう、これ？　ライフテロ？」

どうでもいい情報の中、そこだけが光っているように思えたのだ。

「生命平等世界革命……何だ、こりゃ」

イエスキリストを思わせるイラストが出ているから、宗教コミュニティなのだろうか。けれど書かれていることは、あまり穏やかではない。『世界中に平等な死を』と、大きくタイトルが描かれている。

どんなメッセージが聞けるのか、有利は動画を再生してみた。

『二百年生きて、あなたは何をしたいのか？』

画面の中からそう問いかけてくるのは、長髪で髭《ひげ》のある、イラストとよく似た風貌《ふうぼう》の男だ。東洋人にも見えるが、中東の人間のようでもある。またはラテン系なのか、ともかく国籍ははっきりしない。教祖アルダリと書かれているから、この男が代表なのだろう。

動きも表情もリアルに見えるが、本物の人間ではなく作られた映像のようだ。無表情で不気味な印象が強く、有利は強い不快感を覚えた。

『世界中の貧しい人々が、何の助けも得られずに死んでいく中、一部の富裕層だけが臓器《ぞうき》を買い取り、延命《えんめい》し続けている。富める者は二百年、貧しい者は五十年にも満たない人生。いったいいつから、命の長さは資産によって左右されるようになったのだ』

「……えっ……いや、そう言われてもな。医療には金がかかるもんだろ」

言っていることは理解できる。確かに金があれば、命も買える時代だった。

この心臓は手術で助かったが、もしまた異変が起こったら、心臓移植となる。けれど心臓の提供者は、そう簡単に見つからない。どうしても生きたいと思っていて、しかも買えるだけの金を持っていたら、相手が闇組織でも買う人間はいるのかもしれない。

『人の臓器を盗むだけでは飽き足りず、ついに神に背《そむ》く行いが始まった。死ぬべき命をわざわざ生かすために、神が作ったものではない臓器が造られ、富裕層だけが生きながらえようとしている』

「何で？　いいことじゃないか。人工の角膜《かくまく》とか腎臓《じんぞう》で、どれだけの人が助かってると思ってんだよ。しかも、そんなに高くないぞ」

日本が誇る医療技術は、ついに細胞から新しい臓器を作り出すところまで進化した。そのおかげで、自分の角膜を再生して、再び視力を回復することが可能になったのだ。

「いや、日本でなら保険適用で高くはないけど、他の国では高いんだろうな」

独り言を呟きながら、有利は画面を目で追う。するとこの国の総理大臣が、声高《こわだか》に叫んでいる場面が出てきた。

『我が国は、医療技術大国として、観光客と同じように、世界中から患者を招き入れます。

そして一人でも多くの命を救い……』

教祖が再び画面を支配し、強い調子で訴え始める。

『その一人が、いくらこの国に支払うというのだ。かつては武器を製造して人々を死に追いやっていたこの国は、今度は命を売りものにしようとしている。神の前で、死は平等であるべきだ。一部の人間だけが、生を享受《きょうじゅ》することは許されない』

男は力強く話していたが、そこで有利はいきなり耐え難い頭痛に襲われた。

「うわっ、い、痛い」

慌ててパソコンを消して、小さなソファの上に倒れ込む。

「まずい……急ぎすぎたのかな」

目からの刺激のせいだろうか。ずきずきと痛む頭を抱えて、有利はじっとしているしかなかった。

「い、いててて、鎮痛剤《ちんつうざい》……くそっ、取りにもいけない」

まともに歩けそうにない。こんなときに限って、独りぼっちだ。

「鹿嶋さん……助けて……」

どんなに願ったって、鹿嶋が有利の心の叫びを聞いてくれるとは思えない。ここは一人で耐えるしかなかった。

じっとしていると何の物音も聞こえない。道路の向かいに病院があるのに、そこに救急車が患者を運び込むことはなかった。車の往来《おうらい》も少ないのか、クラクションが鳴ることもなく、公園で遊ぶ子供の声すら聞こえてこない。

「窓は……防音ガラスか。それなら叫んでも無駄だな」

目を閉じると、先ほどの男の顔が浮かんだ。今初めて見た筈なのに、すでに知っていたような気がするのは、キリストに似せたあの風貌のせいだろうか。

『リーダーは救死主《きゅうししゅ》と名乗っているが、恐らくネットに流布《るふ》している画像の男は偽物《にせもの》だと思われる』

「えっ……鹿嶋さん？　何で……こんなときに」

頭痛で呻いているときに、どうして鹿嶋がまた教壇《きょうだん》のようなところに立っているのだ。しかも前面のボードには、あの男の画像が映し出されている。

『ネット上に流すために作られた傀儡《かいらい》だろうと思われていた。ところが……新たな問題が発生した。これはロスアンゼルスの保険会社に、爆発物を仕掛けた犯人と思われるが、驚いたことに同時刻、様々な場所の監視カメラに彼の姿が映っている』

「すげぇ、まるでクローンみたいだ」

映画に興奮する子供のような呟きに、有利は自分でもおかしくてぷっと噴き出した。すると途端に現実が戻ってきて、鹿嶋の姿も消えてしまった。

「俺、やっぱり漫画家になるべきだったな。それともなければ、ちゃんとアイデア書きためて、ハリウッドに売り込むべきかも。頭の中、完全にアメコミ脳になってる」

妄想はどんどん進化していき、今ではドラマ仕立てになってきている。こうなると毎週放映されている連続ドラマを楽しむような気分だ。

「主役は鹿嶋さんか……。警察官の上官、で、俺はその部下。犯人はキリストの偽物。しかし妄想にしてはすげぇネーミング。『救死主』って、まんまコミックネタじゃん」

笑っているうちに、気が付くと頭痛は治まっていた。それでも不安があったので、有利は病院から貰ってきた鎮痛剤を飲むことにした。

「最悪だよ……朝から、ネットをすれば頭痛がするし……。テレビやタブレットだったら平気なのにな。パソコンから、何か殺人電磁波でも出てるのか？」

コップを手にして鎮痛剤を飲みながら、有利は窓の外に視線を向ける。部屋は五階にあり眺めはいい。リビングの窓からは、公園と病院が見渡せる。

「散歩したいけど、今みたいな頭痛が始まったらアウトだしな」

公園に目を向けると、フリスビーで犬と遊んでいる人の姿が見えた。

「いいなぁ。俺も犬でも飼おうかな。鹿嶋さん、犬好きかな？」

もう少し頭痛が落ち着いたら、ネットで犬を探そうと思った。それくらい急に、犬が欲しくてたまらなくなったのだ。

「あれ、黒のラブラドールかな？　あれぐらいの大きさの犬が欲しい。あ、このマンション犬禁止じゃないといいけど」

他に犬連れの人はいないかと見回していた時、ある地点で有利の視線が留まった。

「まさか……嘘だろ」

長身で細身の体つき、長髪で髭面の男がいる。まさにあの画面に出てきた男にそっくりだ。男は有利に見られていることには気付かず、病院に顔を向けていた。その手にはカメラが握られていて、人目《ひとめ》を気にしながら撮影している。

有利は悪夢の中にいるような気がした。

ネットで見た後で妄想に現れ、今度は現実にあの男がそこにいる。あり得ない展開だ。

「いや、偶然だ。たまたま、似たようなやつがいただけさ」

遠くからパトカーのサイレンが聞こえた。防音ガラスでも、やはり危険を知らせる特別な音はよく聞こえるようだ。

男はサイレンに気付いた途端に、慌てて着ていたパーカーのフードを被り、足早にその場から立ち去った。

「ええっと……ここは、警察に通報すべきかな。ライフテロのメンバーと思われる男が、病院の前で撮影していましたって」

けれどどんなに大真面目にその話をしても、事件性を信じて貰えないような気がした。男はただ写真を撮っていただけだ。たとえ被写体が病院でも、ライフテロの活動がどういうものか有利はよく知らないのだから、犯罪の可能性があると警察に通報するのは不自然だ。

「どうせ……妄想だと思われそうだ」

本当に妄想かもしれない。あまりにも頻繁に白日夢《はくじつむ》を見るから、これもまたそうかと思ってしまう。

「んっ……また頭が痛くなってきた」

余計なことを考えるからいけないのだ。いざとなれば目の前が病院だ。駆け込めば、誰かがどうにかしてくれる。心配することは何もないのだから、大人しくしていればいい。

そう結論を出した有利は、リビングのソファに横たわった。自室のソファと違って大きいから足を伸ばしていられる。鎮痛剤が効くまで、ともかくじっとしているしかなかった。

「眠ったら駄目だ。またおかしな悪夢を見る……」

鎮痛剤の効き目なのか、じっとしていると眠くなってくる。うとうとし始めると、またあの男が目の前に現れたのだ。

物陰に隠れていた男は、手に銃を持っている。小型のライフルで、日本では滅多《めった》にお目に掛かれない代物《しろもの》だ。そんなライフルを手にした男は、鹿嶋と滝本を狙っていた。

『私が援護します』

有利は前に出て、銃口を向ける男と対峙《たいじ》していた。

そのシーンはもう見た。もっと別のシーンが見たいのにと思っても、夢なので内容は選べない。

滝本の額の傷とか、有利が手にしている銃の重さとか、妙にリアルな夢だ。そして夢の中なのに、まるで現実に鹿嶋が撃たれるのではないかと心配している。

『クローンですか？』

突然、講義の場に戻っていて、有利は挙手《きょしゅ》しながら質問していた。

『さすが蘭だな。面白い発想だ』

鹿嶋に笑われてしまった。有利は恥ずかしそうに手を下ろす。

『クローンだとしたら、現代の科学では、少なくともこの男の大きさに育てるまで、二十年以上掛かる。何人もの同じ顔をした子供を、喧嘩《けんか》もさせずに仲良く二十歳まで育てることを考えてみてくれ。いくら統率《とうそつ》のとれたカルト集団だとしても、無理だろう』

皆がどっと笑っている。やはりアメコミ脳では駄目なようだ。

『現実は、もっと簡単で恐ろしい。ホームレスを雇って、整形手術を受けさせたんだ』

解析精度を誇る監視カメラでも、顔だけで判別するならどれも同じだと答えてしまう。そうなると同時刻に同じ人間が何人も存在することになってしまって、本物の実行犯を見つけ出すことは困難だった。

『特殊メイクじゃないんですか？』

『ああ、違う。このうちの三人が逮捕されたが、彼らの供述から整形の事実が判明した。どうやら彼らは、腕のいい整形外科医を雇えても、特殊メイクの出来るスタッフは雇えなかったらしい』

皆がそこで笑っていた。笑ってはいけない場面なのかもしれないが、緊張を解す意味での笑いを、鹿嶋はあえて誘導しているように感じられた。

『そんなことしたら、自分が自分じゃなくなっちゃうじゃないですか』

有利は意見したが、そこで突然、講義室は真っ暗になってしまった。夢の中とはいえ、暗くて不安になってくる。さらには寒さまで感じて、有利は思わず叫んでいた。

『鹿嶋さーんっ、隊長、どこですかっ！』

鹿嶋はいない。そのとき、とことこと何かが近づいてきた。暗闇の中なのに、それが黄《こ》金色《がねいろ》の被毛《ひもう》を持った優しげな犬だというのは分かった。

大きな犬は、思い切り尻尾を振って駆け回る。有利に触れそうなほど近くにくるが、決して飛びついたり舐めようとはしない。

『クリプト……』

自然とその名前が浮かんだ。すると犬は、うんうんと頷くかのように首を振ってみせる。

『俺、君を飼ってたよね。君は、俺の大切な親友だった』

芝生《しばふ》の綺麗な庭で、クリプトとフリスビーで遊びたいと思った。ではその庭のある家はどこにあったのだろう。

『シアトルだ』

途端に目の前に、いかにもアメリカの町並みといった風景が広がった。有利が立っているのは、緑色の壁をした洒落た家だ。

黒髪の優しそうな女性が家から出てくる。

『ママ？』

『ユーリ、コミックの新刊が欲しかったら、ちゃんと芝刈りやりなさい』

そうだ、芝刈りをするとお小遣いが貰えて、それを手にして自転車に飛び乗り、コミックショップまで行くのが何よりもの楽しみだったのだ。

『駄目だよ。鹿嶋さんが、隊長が狙われているから』

そこでまた場面は最初のシーンに戻り、有利は自分に向けて発せられた弾が、スローモーションで近づいてくるのを見ていた。

「うっうわ――――っ！」

大声で叫んで飛び起きた。全身にびっしょり汗をかいている。鼓動は速くなり、息も荒くてかなり危ない状態だ。

「どうすりゃいいんだよ。ネットすれば頭痛くなるし。薬飲んで寝ると、とんでもない悪夢の連続だ。一日、家の中でただぼうっとしてろっていうのか！」

家にいるだけなのに、何だかもの凄く疲れてしまった。だが眠るとまた恐ろしいことになる。これでは心臓に悪い影響を与えるのは確実だ。

落ち着きたいと焦る有利は、そこでテレビを点けてみた。

あまり熱心に見ないようにすればいい。大好きなサッカーの試合を放送しているチャンネルに合わせ、どうにか平常心を取り戻そうとした。

昼食時間だったが、食欲は全くといっていいほど湧かない。気のせいか、心臓が痛み出したような気がした。

「鹿嶋さんが帰るまで、あと七時間？　俺、理性を保てるかな」

無理を言って退院したのに、これではよくなるどころかますます体調が悪くなりそうだ。いったいどうなってしまったのだろう。麻酔の影響がこんなに長く続くものだろうか。しかも記憶が戻らないだけでなく、頭痛まで始まってしまった。

「どこか別の病院で診てもらったほうがよくないか？」

こんなことを相談出来るのは、鹿嶋しかいない。帰ってきたら相談しようと思ったが、待ち切れない気分になっていた。

「ランチタイムだといいけど」

時計を見ながら待ち、十二時四十五分に電話した。この時間なら食事も終えて、のんびりしているのではないかと思ったのだ。

「あっ、仕事中？」

『いや、ランチ終わったとこだ。コーヒー買うので、並んでる。どうした？　調子悪いのか？』

聞こえてきた声からは、心配している様子が伝わってくる。

「パソコン見てたら、ちょっと頭痛がしてきた」

『無理するな。思い出そうと焦るからいけないんだ。仕事も焦って再開することはない。テレビの横にフォトスタンドがあるだろ。スイッチ入れてみるといい。癒《いや》されるから』

「分かった……」

別の病院を受診してみたい。そうすればこの悪夢や妄想の正体が分かるかもしれないと、鹿嶋に訴えたかったが、やはり出来なかった。

鹿嶋しか相談する相手がいないというのに、鹿嶋には言いにくい。どうしても遠慮してしまうのは、まだ目覚めてからの付き合いが浅いせいだろうか。

「何時頃帰る？」

『出来るだけ早めに帰るよ』

「ご飯とか、炊《た》いておくんだっけ？」

『夜は炭水化物はあまり摂らない。忘れたか？　昨夜は、有利のためにパスタにしたが、今夜もそのほうがいいかな？』

何で恋人の食事内容も忘れるのか。そんな自分に苛立ちながら、有利はわざと明るい声を出した。

「そっか。忘れてた。パスタじゃなくていいよ。何かしておくことある？」

『冷凍庫のササミ、解凍しておいてくれ』

「ササミね。了解」

電話をそこで終えた後、有利は手にしたスマートフォンを見ながら考える。

いたって普通の会話だ。生活を共にしている者同士の、よくある日常会話というやつだった。

こんな生活をずっと続けてきたなら、何ら違和感を覚えないだろう。なのに有利は、どうしてもしっくりしないのだ。

「残酷《ざんこく》だ。鹿嶋さんのこと好きで、こうして一緒に暮らしているのに、何で百パーセント幸せな気持ちでいられないんだろう」

それはすべて、記憶が吹き飛んだせいに思えた。

「俺……誰かと暮らしたことあるのかな」

鹿嶋に言われたとおり、フォトスタンドのスイッチを入れた。すると緑色の壁をした家の写真が出てきた。

「あれっ、これは？」

夢に出てきたのと同じものだ。しかもさらに写真の中に、あのクリプトの姿や、黒髪の優しそうな女性の姿も現れた。

「これは……間違いない。シアトルで、俺が暮らしていた家だ」

女性の後に、いかつい表情の大男が出てくる。髪は黒く、瞳も黒い。日本人のようだが、雰囲気はやはり外国人だ。

「パパだよ……これ。日本人とチェロキーインディアンと、イギリス人が先祖にいるんだ」
毎朝、父親が車で出掛けていく場面が思い出された。確か大学までアメフトをやってい
た筈だ。その体は逞しく、いかにも強そうだが、残念なことに父親の職業はスーパーヒー
ローではない。見かけによらず、シアトルの化学工業会社の研究員だった。
「何だ、昔のことになると、結構覚えてるじゃないか」
薄ぼんやりとしていた記憶が、どんどん蘇ってくる。家の中の様子も、その場にいるか
のように鮮明に思い出せた。
「だけど……パパとママが死んだことは覚えてない……」
クリプトが死んだ日のことは覚えている。有利が生まれる前からいた愛犬は、家族に愛
され天寿《てんじゅ》を全《まっと》うして死んだ。ペット専用の墓地に埋葬されていて、墓参りにいった記憶も
ある。
なのに両親の死を思い出せなかった。
「あんなにたくさん遺産を遺してくれたんだ。俺、愛されてたよな」
父親にぶんぶん振り回されているのは、幼い頃の有利だ。今よりずっと髪の色は明るく、
目の色も茶色に近い。スポーツが得意で、近所の空手道場に通い、さらに地元のサッカー
チームにも所属しているような、元気な子供だった。

放たれた風船の束《たば》のように、記憶は次から次へと頭に浮かび上がってくる。

「……ハイスクールから、ママが生まれた日本に来たんだ。アメリカには戻らないつもりで、日本国籍も取った……」

今度はフォトスタンドに、にこやかに笑う熟年《じゅくねん》カップルが登場している。祖父母だった。

「俺は……そうだ。日本のアニメやコミックに惹かれて、日本の大学に行くって言ったんだ。そうしてグランパとグランマの家で……大学卒業まで暮らした」

コミックだけが理由じゃない。ハイスクールに通うような年齢になって、有利は自分の性癖《せいへき》をはっきり自覚した。母は分かってくれるだろうが、父には決して理解されない。そう思って、家を離れることにしたのだ。

「大学卒業したのかな？」

その辺りから、どうも記憶が曖昧《あいまい》だ。思い出そうとしても、簡単に記憶は蘇らない。思い出そうとするとまた頭痛がしてきて、有利は再びシアトルの画面を呼び出していた。

「鹿嶋さんが最初の相手ってことはないだろうな。なのに、初めての男のことも覚えてない」

もしかしたら思い出すのも嫌なほど、悲惨《ひさん》な経験だったのかもしれない。そう思って、考えないことにした。

「ママは、そうだ、よくヤキソバ作ってくれたな。目玉焼きが乗ってるんだ。そして、ソース、そうだよ、ソースがたっぷりかかっていて……」

心臓はいつから悪かったのだろう。空手やサッカーをやっていた元気な少年だ。しかも好物は、ソースたっぷりのヤキソバだった。そんな少年が、心臓疾患《しっかん》を抱えているとは思えない。

「……本当に俺は病気だったのかな」

コミック好きになったのは、病のせいでスポーツが出来なくなったからだろうか。そうも思えるが、もし病気が分かっていたら、両親が日本行きを認めたとは思えない。

「落ち着け……冷静になって考えよう。誰かが俺を騙しているとしたら、いったい何のためだ。俺みたいなアメコミオタクを騙したって、何の得もないだろ。それとも、遺産が狙われてるのかな」

遺産を狙うとしたら、鹿嶋しか思い浮かばない。けれどどう考えても、鹿嶋がそんな悪人とは思えなかった。

「やめた。考えても無駄だ。ササミ、冷凍庫から出しておこう。そしてサッカーの試合見て、アメコミを全部読み返そう」

いつまで経っても思考は堂々巡《どうどうめぐ》りだ。このままでは本当にノイローゼになりそうで、有利はもう考えることを放棄《ほうき》した。

冷凍庫を開くと、中は綺麗に整頓《せいとん》されている。昼食にする筈だった減塩食セットを見つけて、有利は苦笑する。

「せっかく用意してくれたのに、一人じゃな。食べたくないや」

鹿嶋に会いたい。二人でなら食事も楽しいし、こんな不安や苛立ちを忘れていられる。

「鹿嶋さん、早く帰って来ないかな……」

まだやっと昼休みが終わったところだろう。帰ってくるまで、まだ時間がかかる。

記憶はないが、少し前まで生きることはとても楽しかったような気がする。なのに今は、命だけあっても生きている気がしない。残酷なほど時の進みは遅く、有利の孤独感は深まるばかりだった。

飼い主が帰宅したときの犬の気持ちが、これでよく分かった。もし尻尾があったら、有利はぶんぶん振り回していただろう。

「お帰りなさい。お帰り、お帰り」

鹿嶋にただいまを言う余裕も与えず、有利は抱き付いていた。そしてキスしようとして、やんわりと押し戻された。

「待ってくれ。外から帰ったばかりだ。手を洗ってうがいをするまではハグもキスも禁止」

「平気だよ、多少の雑菌《ざっきん》、慣れておいたほうがいい。だってショッピングモールとか行くだろ？　そのうち、サッカーの試合だって観に行くかもしれないし」

「それはもうしばらくしてからだ。今は、感染に弱いんだから用心しろ」

「じゃあ、さっさと手を洗って、うがいすれば」

下唇を噛んでふて腐《くさ》れる有利を見て、鹿嶋は笑い出す。

「そんなに退屈だったのか？」

「病気では死なないけど、退屈でだったら死ねそう」

スーツの上着を脱ぎ、ネクタイも引き抜いた鹿嶋が、手を洗いに行く後を有利は付いていく。

「頭痛がするようなら、ネットサーフィンはしないほうがいいな」

丁寧に手を洗いながら、鹿嶋は言ってくる。その背中に縋り付きたい気持ちを抑えて、有利は意味もなく洗濯機を撫でていた。

「だけど、それじゃ仕事にならないよ」

「麻酔で、脳のどこかに障害が残ったのかもしれない。ネットでの犯罪捜しなんてやめて、違う仕事すればいい」

当分働かなくてもいいだけの金はあるが、どうやら有利は遊んで暮らすのには向いていないらしい。半日、一人ですることもなく家にいただけで、こんなに苛々《いらいら》しているのだ。

「そうだね。せっかく退院出来たのに、家にいるだけじゃおかしくなりそうだ。病院、精神科とかいったほうがいいと思う？」

「精神科？　記憶障害なら、もう診て貰っただろ」

脳神経科の医者には診て貰っているが、精神科はまた別だ。もしかしたら記憶障害も悪夢も、有利の心が原因かもしれないと思えたから、精神科を受けてみたかった。

「頭の中より、心の中を診て貰いたいんだ」

「それは……問題だな」

手を洗い終えた鹿嶋は、マウスウォッシュでうがいをする。それが終わると、さりげなく有利を引き寄せキスしてきた。

「じゃあ、いい精神科医を捜しておくよ。条件は女性で、年齢がかなりいってる人がいい。逞しい色男は絶対に駄目だ。休みの日に連れて行くから、それまで我慢してくれ」

「バカなこと言ってごめん。病院行かなくていい。鹿嶋さんがいてくれれば平気なんだ」

話しただけですっきりした。不安は消え、いつもの精神状態に戻っている。有利は鹿嶋に抱き付き、もう一度キスをねだった。すると鹿嶋は、うっとりするような素晴らしいキスで応えてくれた。

「料理、覚えようかな。そうしたらすること出来て気が紛《まぎ》れるし、鹿嶋さんの負担も減るから」

「いい心がけだ。で、何を作れる？」

有利の腰に手を回して、さりげなくキッチンへと誘導しながら鹿嶋は訊いてくる。

「刺身《さしみ》は得意だよ。豆腐《とうふ》の刺身とか、トマトの刺身とか。はんぺんなんか、芸術的な刺身にしちゃう。四角なのに、三角に形を変えるんだ」

真面目な口調で話しているのに、鹿嶋は声を出して笑っている。こんなふうに笑う鹿嶋は、初めて見るような気がした。

「有利のそういうところが好きだ。可愛いことばかり言う」

今度はさらりと額にキスされて、有利は初めての恋をしている少年のように頬を染めていた。

「夜は炭水化物はあまり摂らずに、タンパク質を多めに摂るようにしてるんだ。筋肉を維持するには、鳥肉がお勧めだ」

鹿嶋はキッチンのシンクに置かれた、解凍されたササミを見て満足そうに頷く。

「これは茹《ゆ》でてサラダにする」

抱き付いたまま、有利はふんふんと頷いて、程よく解凍されたササミを一緒に見た。

「それで……包丁を持って料理する間は、安全のために離れてくれないかな」

「あっ！」

「子犬みたいにまとわりつかれるのも嫌いじゃないが、俺の包丁はよく切れるんだ」

「ご、ごめん」

慌てて有利が離れると、鹿嶋は微笑んで有利の頬を軽く摘《つま》んだ。

「刺身を調理するときも、包丁の切れ味がよすぎるから注意しろ。キッチンで流血騒ぎにならないように」

「気を付ける。特に、生卵の刺身は要注意だね」

またもや鹿嶋は、おかしそうに身を捩《よじ》って笑っていた。

鹿嶋はこんなに笑う男だっただろうか。もしかしたら以前は、あまり笑わない男だったのかもしれない。有利が鹿嶋から笑いを引き出していたとしたら、これほど嬉しいことはなかった。

「実は、いい仕事の話を聞いてきた」

「誰の？　鹿嶋さんの？」

「いや、有利のだよ。コミックの英訳と和訳をする人間を捜しているらしい。語学が堪能ってだけじゃ、駄目なんだそうだ」

そのとき有利は、鹿嶋が魔法使いなのではないかと思ってしまった。今の自分がもっとも欲しているものを、さりげなく与えてくれるからだ。

仕事はしたいが、こんなに混乱している状態では、まともな仕事は出来ない。けれど翻訳だったら、苦もなくやれそうだ。

「コミックセンスっていうのがあるんだろ？」

「まぁね。バゴーンとバッゴ――ンッの違いが分かるのがコミックセンス」

「そのセンスだ。それを持ってる翻訳者が欲しいらしい」

「えーっ、何だよ、それって、俺のためにある仕事みたいじゃん」

一日鬱々《うつうつ》と過ごしていたのに、鹿嶋が帰った途端に生きていることがまた楽しいものになった。魔法使いのような鹿嶋には、どれだけ感謝しても足りないくらいだ。

鹿嶋は沸騰《ふっとう》した湯の中に、筋を切ったササミを入れて茹でている。その合間に手早く野菜を切り、大きめの深皿二つに盛っていた。

「冷蔵庫にハーブ漬けの魚があるから出してくれ」

「そんなのいつの間に作った？」

「朝だよ。おまえが寝ている間に作った」

「ぐっすり寝てて、気付かなかった」

眠ったらまた悪夢を見るのだろうか。有利はあのテロリストのことを思い出し、ぶるっと全身を震わせる。幸い、調理に集中している鹿嶋に気付かれることはなかった。

「夜、ジムに行ってもいいかな？」

有利を見ないようにして、鹿嶋は申し訳なさそうに言ってくる。有利としては内心嫌でも、反対することは出来なかった。

「いいけど、近くだっけ？」

「このマンションの一階にある」

「駐車場からそのまま来たから、分からなかった」

鹿嶋がいなくなる時間のことを考えると憂鬱《ゆううつ》になる。だからといって、鹿嶋がこの素晴らしい肉体を維持するために、ジムに行くのを止めることは出来なかった。

「何時間くらい？」

「一時間も掛からないよ」

「一緒に行ってもいい？」

「まだ駄目だ。見てればやりたくなるに決まってる。安静にしていないといけないから」

どうしても鹿嶋は、有利を重病人のままでいさせたいらしい。確かに一日家にいただけなのに、体調がよくなっているとは言えなかった。まだ健康とはほど遠い状態だ。

「鹿嶋さん、次の休みいつ？」

フライパンで魚を焼き始めた鹿嶋は、またもや申し訳なさそうな声になる。

「次の日曜は休みだけど、会社の同僚の引っ越し、手伝いに行くんだ。前から決まっていたことなんで、断るのは無理だな」

「いいよ、別に断らなくても。俺は、家にいるだけだから」

退院したからといって、鹿嶋を独占出来るものではないらしい。悲しみが溢れてきて、有利からやっと蘇った元気を奪っていった。

「そんな顔するな。引っ越しが終わったら、すぐに戻るから」

「んっ……」

「ワールドカップ始まるから、家で観ていればいい」

「そうだね……」

元気だったら、ジムにも一緒に行ける。引っ越しの手伝いだって、同行させてもらえただろう。自分が病気であることが、有利は心底悲しかった。

「俺、いつから病気だったの？」

「それはよく知らない。一度倒れて、それから用心のためにここに越してきた」

「何でそんな大事なこと覚えてないいんだろう。でも、子供の頃からじゃない。だって、フォトスタンドには、元気にサッカーやってる姿が映ってた」

「悪いと思ったけど、有利のパソコンからデータを、フォトスタンドに移しておいたんだ。癒されただろ？」

癒されたけれど、それは一瞬だ。悪夢にうなされ、頭痛に襲われる。それがすべて記憶障害のせいだとは言い切れないが、やはりそれしか原因が思い当たらない。

考えなければいいのだろうが、では一日家にいて、他に何を考えていればいいのだろう。

「鹿嶋さんのことだけ考えていられればいいのにね」

「それもよくない。もっといろんなことに興味を広げたほうがいい。仕事の話頼んでみるよ。コミックの新刊、読み放題だぞ。楽しいだろ？」

「楽しそうだ。やってみるよ。それより、腹減った」

有利がため息混じりに言うと、鹿嶋は冷凍庫を開いた。そして昼食のセットが、全く手付かずなことに気付いた。

「昼、食べなかったのか？」

「うん、食欲なくて」

「病院では食べてただろ？　食べないといつまで経っても元気になれないぞ」

食べたくなくても、鹿嶋を怒らせないためには食べたほうがいいようだ。やはり鹿嶋に怒られると、有利の心は痛んだ。

「昼間食べてないなら、炭水化物を増やすか。パスタでも茹でようか？」

「大丈夫だって。サラダ大量だし、魚、おいしそうだ。そんなに食べられないから、これでちょうどいいよ」

「運動量が減ってるからな。食欲もなくなるんだろう」

入院中はそれでも散歩の時間があった。けれどここに来てからは、全く外に出ていない。それもよくないと思えたが、公園にいた男のことが脳裏を掠め、散歩に行きたい気分を吹き飛ばしてくれた。

「もう少し落ち着いたら、一緒に公園を散歩しよう」

またもや魔法のように、鹿嶋は有利にとって救いとなるようなことを口にする。一人では不安な公園も、鹿嶋が付き添ってくれれば怖くない。

料理を運び、テレビのスポーツ番組を観ながら食事を開始する。鹿嶋が作ってくれた食事は素晴らしかった。

「鹿嶋さんみたいにうまくはやれないだろうけど、料理、できるようにしよう。こうなったら、完璧《かんぺき》な主夫目指すんだ」

「目標があるのはいいことだ」

鹿嶋は旺盛《おうせい》な食欲を見せ、サラダをもしゃもしゃと平《たい》らげていく。やはり美しい肉体を維持しているだけのことはある。食事にも気を使い、きちんと食べているのだ。

何でも完璧にこなす鹿嶋を見ていると、どうしても訊きたくなってしまう。

「ねぇ、俺なんかのどこが好きで付き合ってる？」

さりげなく訊いたが、一番気になるところだった。

今日もずっと有利のことを気に掛けてくれているけれど、鹿嶋のような男がどうしてそこまでするのか不思議な気がする。本来なら、もっと優れた相手と結ばれてもいい筈だ。

「俺って、鹿嶋さんに相応しいと思えないんだけど……」

鹿嶋は食事の手を止め、不安そうに訊いてくる。

「口うるさいから、俺といるのが嫌になったのか？」

「そうじゃないよ。俺にはもったいないって言ってるんだ」

「じゃあ、どんな相手なら満足するんだ？　有利が俺の外見だけ好きなのは分かってる。この性格は直しようがないからな。嫌われてもしようがない」

どうして素直に聞いてくれないのだろう。誤解されてしまったようで、これでは有利が鹿嶋に愛想を尽かしたかのようだ。

「口うるさいなんて思ってない。俺を心配してくれてて嬉しいよ。だけど、今の俺じゃ、鹿嶋さんにとって何の役にも立たない。苛つかせるばっかりだ」

「そんなことはない。有利がおかしなこと言うのを聞くのは楽しいし、こうして一緒にいられるだけで癒される。それだけじゃ、おまえを好きな理由にならないか？」

「なる……なるけどさ。もっとないの？　顔が好みとか……その、セックスの相性がいいとか」

そこで鹿嶋は押し黙った。

答えられないということは、有利には他に何の魅力もないということだろうか。

「いいよ、もう……。ごめんね、こんなによくして貰ってるのに……不安なんだ。鹿嶋さんだったら、付き合って欲しいと思うやついっぱいいるだろうし……奪われそうで」

「もしかして、ジムに行くことや日曜のことで、疑ってるのか？　浮気なんてしないから安心しろ」

「ほんとにごめん。俺、病気する前から、こんなに暗い、ねちっこい嫌なやつだった？」

違うはずだ。こんなのは本当の自分じゃない。泣きたくなってきた有利の手を、鹿嶋はそっと握ってくれた。

「暗い男じゃなかった。過去はすべて忘れていてもいいけど、あの明るさだけは取り戻して欲しい」

「そっか、そうだよね。俺が暗いなんてことないんだ。どうかしてる。このままじゃ、マジで鹿嶋さんに嫌われちまう。大丈夫……だから」

有利は無理に笑おうとした。けれど上手くいかない。そこで今度は、楽しい話題に変えようと思いついた。

「そうだ、犬、飼っていい？　このマンション、ペット禁止？」

「犬は駄目だ。散歩に行かないといけないから。猫とか兎《うさぎ》にしろ」

「猫は俺が駄目っぽい。それよりクリプトみたいな大きな犬がいいな」

「ますます駄目だ。散歩が大変だ。俺には、犬の面倒までは見られない」

また泣きたくなってきたが、ここはぐっと堪《こら》える。やはり犬までねだるのは、有利のわがままが過ぎる。結局負担は鹿嶋にいってしまうのだ。

「そうだよな。鹿嶋さんにとっちゃ、俺がペットみたいなもんだもんな。これ以上、手の掛かる生き物は困るよね」

「退院したばかりだろ。そんなに何もかも、一度に欲しがるな」

では他のものはすべて諦めるから、抱いて欲しいと言ったらどうだろう。それもまた体に負担を掛けるからと、拒否されるのだろうか。

「引っ越しの手伝いは断るよ。ドライブしよう。海に連れて行くから」

「えっ？」

いきなりの申し出に有利は驚いてしまい、すぐに返事も出来ないでいた。

「遠くには行かない。海浜公園の砂浜を歩くくらいだ。そして、海の近くのレストランで食事しよう。何が食べたい？」

「いいよ、そんな……約束してたのに」

「いいんだ。引っ越しの手伝いなんて誰でも出来る。だけど、今の有利を楽しませることが出来るのは、俺しかいないんだから」

泣きたくなったが、今度のは悲しみからではなかった。鹿嶋の優しさが泣きたいほど嬉しかったのだ。

日曜は鹿嶋とデートだ。鹿嶋がジムに行っている間、有利はデートに何を着ていこうかと、クロゼットの中を点検する。服はかなりあったが、手にしていくうちに有利は自分がかなり痩せてしまったことに気が付いた。

「入院中はリハビリで泳いでたんだから、運動がまるっきり駄目ってことはないだろ」

腕や足を、激しく動かしてみる。すると思っていたよりずっと軽快に動いた。

「きっと前は一緒にジムとか通ってたんだろうな。鹿嶋さん、あんまり俺が痩せたから、ますます怖くなって手が出せないんじゃないか」

服選びは途中で放棄して、有利はバスルームに向かう。全裸の姿をバスルームの鏡に映してみて、自分の考えに納得してしまった。

「傷跡はあるし、痩せてるし、これじゃ抱く気もなくなるよな」

魅力的な自分を取り戻したいと、有利は強く願う。そのためには、ぐじぐじと過去に囚われて悩んでいるのはよくないと思った。

「前向きに進むしかないさ。とりあえずは……体、綺麗に磨《みが》いておこう」

鹿嶋が心配してくれるのは嬉しいが、やはりセックスは有利にとって何より必要だった。

鹿嶋に抱かれることで、有利は恋人としての実感を強く味わえると思う。そうすればもっと自信が持てて、不安に怯《おび》えることもなくなる。

有利のせいで、健康な性欲のある鹿嶋に我慢をさせるのはよくない。鹿嶋は生真面目な性格だから、簡単に浮気などしそうには思えなかったが、それでもやはり心配になる。

「浮気疑うなって言われても無理。あの体で、あの顔で、あの性格でもてないってことは絶対にない。俺だけを愛してるって、体で証明して貰わないと、安心出来ないからな」

いつもより何倍も丁寧に洗った。そして裸のままで、ベッドに潜り込んだ。

ベッドには微かに鹿嶋の匂いが籠もっている。そのせいで鹿嶋に抱かれて眠っているかのようだった。

「鹿嶋さん、優しすぎるくらい優しい。俺のカレシにしちゃ出来すぎだよ」

鹿嶋の枕を抱き締め、勝手に出会いのシーンを心に思い浮かべてみる。

大勢の客で賑《にぎ》わうスポーツバーで、日本代表のサッカーの試合が放映されているとなったら、それこそ客同士肩が触れあうくらい混んでいただろう。そうなると自然に、近くにいる客と言葉を交わすようになる。

鹿嶋が隣にいて、有利はラッキーだなと思った筈だ。試合が進むとお互いに興奮して、拳を突き上げたり、ゴールするとハグしたりするものだ。そうやって盛り上がっている間も、どんどん鹿嶋に夢中になっていく自分が想像出来た。

「鹿嶋さん見たら、一目で恋に落ちる……絶対だ」

きっと恥ずかしいくらい、あなたが好きですオーラを発していただろう。鹿嶋のことだ。最初はそんな有利の気持ちを、上手くはぐらかしていたに違いない。

「そうか……鹿嶋さん、男と付き合ったことなんてなかったのかもしれないな」

途惑いながらも有利を抱く鹿嶋の姿を想像すると、すぐに耐え難いほど興奮してきた。

「駄目だって、我慢しろ。もう少しで帰ってくるから」

初めてのセックスの後、鹿嶋はもの凄く照れた筈だ。有利はきっと幸せの絶頂で、泣いたりしたのかもしれない。

「思い出せないのが悔しい。子供の頃のことや、両親だって思い出せたのに、どうして一番素晴らしい思い出が出て来ないんだろう」

鹿嶋と出会う前は、あまりいい恋愛はしてこなかったような気がする。ぼんやり思い出せたのは、サマーキャンプでの悲惨な初体験とか、高校時代の失恋場面だった。

有利にとって、鹿嶋との出会いはやっと掴んだ幸せだった筈だ。今でも十分幸せだが、劇的《げきてき》な出会いから結ばれるまでを、どうしても思い出したい。

「これまで何回セックスしたんだろ……」

そのうちの一つも思い出せない。脳内で妄想セックスすることは出来るのに、現実のセックスを何一つ思い出せないのが不思議だった。

寝室のドアがそっと開かれる。どうやらジムから戻った鹿嶋が、有利の様子を見ているらしい。

「有利、寝たのか？」

小声で訊かれて、有利はわざと返事をしなかった。ベッドに埋もれたまま、じっとして寝たふりをした。すると鹿嶋はドアを閉めて去っていく。

「今からシャワーだ。その後は……洗い立ての鹿嶋さんがベッドにやってくる。それまでお利口《りこう》に寝たふりしてるんだ」

そう考えるだけで、性器はずきずきと痛むくらい興奮してきた。

だが鹿嶋は、いつまで待ってもベッドにやって来ない。痺れを切らした有利は、何度も鹿嶋を呼びに行こうかと思ったが、どうにか思い止まった。

興奮はなんとか収まったが、じっとしていると眠くなってしまう。うとうとしていると、有利はまた夢の中にいた。このパターンは悪夢だなと、眠っていても身構えてしまう。

『被弾《ひだん》しても、防弾《ぼうだん》ベストが守ってくれます』

鹿嶋の前で、有利は強気に発言している。けれどこの攻撃が想定外だったせいか、手に盾《たて》はない。銃弾を防御するものがないのだ。

手には銃がある。ジグ・ザウエル、現在の警察官標準装着品だった。けれど相手は小型ライフルを持っていた。

ライフル相手では、この至近距離ではかなりまずい。防弾ベストの信頼性なんて、数字でしか確かめたことがなかった。何しろ日本では、ライフルを手にした相手と銃撃戦になるなんてことは、滅多にないのだから。

死ぬかもしれない。

いや、確実に死ぬだろう。

それでも前に出て行くのは、この辛い恋を終わらせるためだ。

『隊長……好きでした。蘭は、最期《さいご》まで愚《おろ》か者ですが、あなたに対する忠誠《ちゅうせい》と愛は本物です。どうか……ご無事で』

銃を手にして敵を引きつける。そうして何発撃ったただろう。結果を見ることもなく、視界は瞬時に真っ暗になっていた。

「うっ、うわ———っ」

また撃たれた。夢であっても、こう何回も撃たれると心臓に悪い。本当に胸が痛んで、有利は思わず胸元を押さえてしまった。

「どうした？　苦しいのか？」

鹿嶋が驚いた様子で寝室に飛び込んでくる。

「何でもない……変な夢見て……怖かっただけ」

「本当に大丈夫か？」

「一人で寝ると、悪夢ばっかりだ。鹿嶋さん、俺を一人にしないでよ」

「仕事が終わらなくて……すぐに片付けてくるから、待ってろ。水飲むか？」

「んっ……」

鹿嶋が去った後、有利は自分の体を抱き締めて大きくため息を吐く。

今回の夢は、以前に比べてずっとリアルだった。敵が手にしたライフルの形や、自分が手にしているジグ・ザウエルの重さまで、何もかもが本物のようだ。

さらに悪いことに、銃撃された衝撃まで実にリアルに伝わってきた。

「あの至近距離からライフルで撃たれりゃ、防弾ベストなんて意味ないさ。しかも銃撃戦用のフル装備じゃない。普段の巡回時の軽装だ」

すらっと呟いた瞬間、有利は何かがぱっと光ったような気がした。

「いつもそんな悪夢ばかり見るんじゃ辛いだろう？」

水のペットボトルを手に、鹿嶋が戻ってきた。その途端に光は消えてしまって、また何だかよく分からない状態に戻ってしまう。

「うん……まぁね」

「病院で睡眠薬、貰わなかったのか？」

「貰ったけど、いらない。そんなものより、もっといいものがあるから」

ペットボトルを受け取るときに、鹿嶋に抱き付く。すでに有利が裸なことは、鹿嶋にも分かったのか、緊張した様子が伝わってくる。

「鹿嶋さん、俺を安心させてよ。三カ月も離れてたのに、何もしないなんておかしいよ。ルームメイトだなんて思ってたから、俺は耐えられたけど、鹿嶋さんは平気？　それって、俺を愛してないってことだよね」

「急ぐなよ、有利、体がまだ」

「そういう言い訳聞き飽きた。このままずっと鹿嶋さんに愛されないなら、死んだほうがまし。生きている意味がないよ。やっと、やっと手に入れたのに……」

鹿嶋が欲しかったのだ。欲しくて欲しくてたまらなかったのだ。なのに諦めなければいけない状況だった。絶対に無理な片思い、だったのではなかったのか。

それはいつの記憶だろう。最初から順当《じゅんとう》にいっていた恋愛だ。そんな大げさな葛藤《かっとう》など、二人の間にはなかった筈だ。

抱き付いたまま、有利は不思議な感覚に囚われる。

これが現実なのか分からなくなってきた。むしろ夢のほうが現実で、こっちのほうが夢のようだ。

「悪夢を見るのは、鹿嶋さんのせいだ。俺をこんな中途半端な状態で放っておくからさ」

「有利……」

「俺を抱けないのは、他に好きなやつが出来たから？」

「そんな相手はいない」

「どうかな？　たとえば病院の滝本先生とかは？　かなり親しそうだったよね。俺に内緒で、こっそり会ってたみたいだし」

鹿嶋の目をじっと見つめた。そうすることで真実が見えるような気がしたからだ。けれど鹿嶋の表情は変わらない。何を考えているのか分からない、無表情のまま壁を見つめている。

「そうだよな。そんなに何もかも上手くいく筈ないんだよ」

有利は鹿嶋を抱いていた腕を離した。

「鹿嶋さんが俺なんかを好きになる筈がない。これって、みんな俺の都合のいい夢？　もしかして俺、まだ病院で寝てるのかな」

「そんなことある筈ないじゃないか」

そこで初めて鹿嶋は動揺を見せた。そして有利を引き寄せ、強く抱き締めてきた。

「不安にさせてすまない。だが……俺は、おまえを守らないといけない」

「何から？　病気から？　俺はただ生きていればいいのかな？　そんなの本当の人生だと思う？　大好きな人と暮らしているのに、このままずっとほっとかれるの？　俺に許されるのは、一方的に鹿嶋さんをフェラするだけ？」

「すまなかった。そこまで思い詰めていたなんて思わなくて……俺が悪かったよ」

優しくキスされた。それだけで有利の苛立ちは収まり、悲しみも消えていく。

思ったよりもキスは長くなった。そういう展開も嫌いではないが、有利は待ちくたびれている。体はもう鹿嶋が欲しくてたまらなくなっていた。

「まだ……焦らされる？」

鹿嶋の手を自分の性器に導き、興奮していることを伝える。すると鹿嶋の緊張感が伝わってきた。そこで急に有利は笑い出した。

「えっ、まさか、そっちってことはないよね？」

「何だ、いきなり？」

何で笑われたのか分からず、鹿嶋は狼狽えている。

「そんなことまで、俺、忘れてる」

当然、自分が愛される側だと有利は思っていたが、違っていたのかもしれない。記憶がないから、どちらとも分からず有利は混乱した。

鹿嶋の目をじっと見つめる。そして告げた。

「俺は……されるのが好きなんだ。鹿嶋さんは？」

「夫のスタンス、それでいたいな」

いつもの生真面目な表情で鹿嶋は答えた。

「……そうだよね。まさか鹿嶋さんが、嫁ってことはないよね」

そこで有利は笑い出したが、止まらなくなってしまった。こんな初歩的なことまで忘れていた自分に、呆れてもう笑うしかなかったのだ。

つられて鹿嶋も笑っている。いい雰囲気で、しばらく二人で笑っていた。

「ああ、おかしい。笑ったぁ、鹿嶋さんの裸エプロン、想像しちゃったよ。今度から、やりたくなったらサイン決めない？　鹿嶋さんは裸ネクタイってのはどう？　俺は裸エプロンとかさ」

「そういう恥ずかしいのはやめろよ」

そこで鹿嶋は、リモコンを手にして部屋の灯りを消してしまった。

遮光性《しゃこうせい》のロールカーテンは、外灯の微かな灯りも遮断《しゃだん》する。暗くなった部屋では、ぼんやりとしか鹿嶋の顔は見えない。

「真っ暗？　少しは灯りがあったほうがいいよ」

「いや……駄目だ。傷を見ると怖くなって萎《な》える」

鹿嶋がどんな顔をして有利を抱くのか興味はあったが、萎えると言われると逆らえない。素晴らしい肉体も見たいのに、仕方なく有利は、手で鹿嶋の体を撫で回し、妄想ではない現実の肉体を確かめた。

鹿嶋はキスをしてくるが、どこかぎこちない。少しはましになったと思ったのに、また初心者のようなキスをする。

手を伸ばして鹿嶋のものに触れると、まだ萎縮《いしゅく》したままだった。

自分から興奮して積極的にくることなど、鹿嶋にはないのだろうか。有利は体をずらしていって、また口で手助けしようとしたが、やんわりと断られた。

「しなくていい。有利が疲れる」

そう言われても、何だか切ない。ただ抱き合っただけでは興奮しないのだから、愛されていないのではと疑ってしまう。

有利の手は鹿嶋の胸を撫でさする。そして乳首に触れると、軽く指で刺激した。すると有利の体に当たる鹿嶋のものが微妙に変化してきた。

初めて相手の性感帯を見つけたみたいに、有利は興奮していた。そして積極的に顔を近づけていき、舌で鹿嶋の乳首を刺激した。

お返しのように、鹿嶋の手は有利の性器を刺激してくる。けれどその動きは、どこにも手慣れた様子がない。

知り合ってから、どれだけセックスしたのだろう。もしかしたら鹿嶋は、有利の病気を知ってから、いつも遠慮していたのではないか。そんな疑いを持たせるほど、その動きは消極的で不慣れな印象だった。

「鹿嶋さん、疲れてる？　やりたくないんなら、いいよ、無理しないで。昨日みたいに、腕枕してくれればいいから」

「有利が心配なだけだ。俺は、心配性なんでね」

「知ってる。俺のことばっかり心配してないで……自分のこと心配しなよ。三カ月ぶりなのに、こうして抱き合っていても何も感じない？」

昨夜はシャワールームでしたことで、有利も大人しくしていることが出来た。けれど今夜は大人しくしていられない。言葉とは裏腹にどうやらこの体は、欲望に対して貪欲《どんよく》らしい。

積極的に鹿嶋の体をまさぐる。それだけでも有利はたまらなく興奮しているのに、鹿嶋はまだ完全な状態になっていない。

「ねっ……後ろ向いたほうがいい？　それとも、俺が上になろうか？」

どんな体位が好みだったのか、訊くのもばからしく思えたが、今の鹿嶋をリラックスさせるには必要なのではと思ってしまったのだ。

「……しばらくぶりだから、有利、痛いんじゃないか？」

「えっ？　セカンドバージン？　やだな、そんなこと心配して」

痛むぐらいが何だと言うのだ。それよりも無視され、抱かれないことで心が痛むほうがずっと辛い。

「ゆっくりだ。ゆっくり……やろう」

暗闇の中、鹿嶋がごそごそと動き出した。どうやらサイドテーブルの引き出しから、何かを取りだしているらしい。

几帳面《きちょうめん》そうな鹿嶋のことだ。寝室にローションやコンドームなど何も用意していないなんてことはないのだろう。そんなことまで忘れている。

サマーキャンプでの初体験、相手が下手で流血騒ぎになってしまったことを、こんなときなのになぜかふと思い出していた。

そんなものは思い出さなくていいから、鹿嶋との幸せな初体験を思い出したい。なのに肝心な思い出は何も蘇らず、気が付けば横向きにされ、鹿嶋の指が入り口の部分にローションを塗り込めていた。

「いつも、こんなにゆっくりだったっけ?」

「三カ月も入院していたんだぞ。もう少し自覚してくれ」

「そうだった。ねぇ、いつも俺のほうが積極的? おねだりするほう?」

「ああ……」

暗くて鹿嶋の表情が見えないのは悔しい。どんな顔をしながら、有利のそこを指先で広げようとしているのか。

「んっ……触られているだけで、どうにかなりそう……」

テクニックはお世辞《せじ》にも上手いなんて言えない。だが、鹿嶋がやっていると思うと、それだけで激しく燃えた。

もっといろいろ触られたり、弄られたりしたいのに、鹿嶋の動きはとてもゆっくりだ。もしかしたらこうしている間に、興奮してくるのを待っているのかもしれない。

有利は自分が欲望の塊《かたまり》だから、鹿嶋に性急さがないのに不思議な感じがした。いつも冷静な男だが、ベッドでも冷静なのだろうか。かといって冷たい印象はない。指先にはどこか必死さが感じられて、大切に思われているのは伝わってくる。

「あっ……んんんんっ……んっ」

　有利はもう待てなくなっている。興奮した自分のものに手を添えて、自分で慰めねばいられないぐらいになっていた。

「あっ、あああ……」

　本当なら鹿嶋のもので貫かれながら、最高にいきたくなる瞬間まで待ちたいのだ。けれどこの調子では、いつ鹿嶋のものが望んだような激しさになるのか分からなかった。

「ね……こ、こんなになっちゃってるんだ……」

　鹿嶋の手を取り、興奮しきったものを触らせる。すると鹿嶋は、明らかに狼狽えていた。

「昨日も触られてもいないのにいっちゃったし……俺、俺、どうかしてる。おかしくなってるんだ。助けてよ、鹿嶋さん……ねっ、ねっ、もう、ほら、こんなに」

　鹿嶋は何も言わないで、握らされたものをそっとこすってきた。

「あっ……ずるいよ。あっ、そんなので……いかせちゃうつもり」

「じゃあ、どうしたいんだ」

「んっ……欲しいんだ」

「期待に応えられるといいな」

有利を俯《うつぶ》せにすると、鹿嶋はその部分に屹立《きつりつ》したものをそっと押し当ててくる。何だか本当に入るのか、確かめているかのようだ。

どうにも不慣れな様子に、有利は途惑う。もしかしたらこれまで、こういった愛され方はしなかったのだろうか。そんな疑いが浮かんでくる。

ではどうやって愛し合ってきたのだろう。鹿嶋がフェラなんてしてくれるとは思えない。お互いに手で慰め合うなんて、中学生同士のような稚拙《ちせつ》なセックスばかりしてきたのだろうか。

有利の体は、喜び方を知っている。記憶が吹き飛んでいても、食べ物の名前は忘れていないのと同じだ。セックスの体位くらい、いくらでも思い起こすことは出来た。

もし鹿嶋の経験値が低かったとしても、有利が放っておく筈がない。さりげなく教え込んで、一番感じる場所に鹿嶋のものを導いていた筈だ。

「痛むだろうが……ゆっくりだ、ゆっくり……」

鹿嶋が怖がっているのが伝わってくる。有利の体を傷つけるのではないかと、鹿嶋のほうが怯えているのだ。

「大丈夫だよ……痛くなんてないから……んっ……あああっ……」

やっと入ってきたそれは、十分な大きさも硬度もある申し分ないものだったが、やはり

動きがどこかぎこちない。

妄想の中では、自在に有利を翻弄《ほんろう》する男が、現実ではとんでもない臆病者《おくびょうもの》だった。大切にしてくれる気持ちは嬉しいが、これでは壊れ物扱いだ。

もっと大胆に、もっと激しく攻めて欲しい。そう思っても、鹿嶋の動きはゆっくりだった。そこで有利は自ら腰を蠢かせて、鹿嶋の欲望の手助けをする。するとやっと鹿嶋の動きも、大人の男のものになってきた。

「あっ！」

やっとそこに到達した。もっと奥深く、しっかり味わいたいのに、鹿嶋のものはすぐにまた入り口まで引き返してしまう。

「い、いや、もっと……あっ、奥まで……あっ」

「んんっ……」

鹿嶋の混乱ぶりが伝わってくる。自身も気持ちいいだろうに、加減が分からず攻めあぐねているのだ。

「強く、奥まで、お願い」

悲鳴に近い懇願《こんがん》の声に、ついに鹿嶋は激しく動き出す。それは本能に従った自然な動きで、やっと有利も満足することが出来た。

腕枕をしてくれたものの、疲れていたのだろう、鹿嶋はすぐに眠ってしまった。有利は鹿嶋に抱き付き、幸福の余韻に浸っていた。

「幸せだ。ついに……そうだ、ついに……鹿嶋さんと抱き合えたんだ……ついに……」

過去に何度もこんなシーンを経験した筈だ。なのに初めてのような興奮を覚えている。

「初めて？　えっ、もしかしたら……」

本当に初めてだったのかもしれない。そう考えた瞬間、真っ暗だった部屋に突然光が射し込んだような気がして、有利は慌てて飛び起きた。

「あっ……」

堰《せ》き止められていた水が流れ出したかのような勢いで、脳裏に次から次へと、失った記憶が蘇ってくる。妄想と明らかに違うのは、きちんと時系列に沿って思い出すことが可能だったからだ。

「そんな……そんな……鹿嶋さんが」

暗さにも慣れた目は、愛しい男の寝顔を見ている。

逞しい肉体を持つ、有利に特別優しい色男は、最愛の人であることに変わりないが、とんでもない嘘吐きだったのだ。

ネット犯罪を摘発して稼ぐ。そんなものが有利の本当の姿である筈がない。大学卒業後、警察官の試験を受けて合格し、警視庁勤務の警察官となった。それが本当の姿だ。

その日、有利は支給された新しい特別機動捜査隊の隊服に身を包んで、会議室にいた。

アメリカ育ちの行動派である有利は、交番勤務の二年間の間に、主に外国人犯罪者を数多く逮捕した。その成果が認められて、今回新設の特殊部隊に引き抜かれたのだ。

集められた精鋭《せいえい》は、皆、一癖《ひとくせ》も二癖《ふたくせ》もありそうなやつらばかりだ。総員三十六名、そのうちの四人は女性隊員だった。

緊張して隊長の到着を待つ。分厚い靴底のたてるカツカツという音が、背後から響いてきた。有利は振り返ることはせずに、背筋を伸ばし、真っ直ぐ前を見て隊長を待った。

有利の横を、すっと風が通り抜けていく。それに続いて視線の先に、長身で逞しい体つきの後ろ姿が見えていた。

まずいとその瞬間に思った。

広い肩幅、きゅっと上がったヒップ、そして長い脚。薄いブルーのシャツに紺色のパンツという、皆と同じ制服姿なのに特別様になっている。体にぴったりと張り付くように着ているベストから覗く腹部には、贅肉《せいにく》一つなさそうだ。

その体が何よりも有利の好みだったから、内心激しく動揺していた。

「これから君達を指揮する、隊長の鹿嶋天道だ」

振り向いて壇上に立ち、話し出した鹿嶋の顔を見たら、もう駄目だと有利は思った。

アメコミのスーパーヒーロー役を演じられる、唯一の日本人。そんな言葉が思い浮かんでしまうほどの、有利好みの男らしい色男だったからだ。

「この特別隊は、昨今、アメリカやヨーロッパの一部で活動を開始した、ライフテロに対抗するために作られた。すでに知っているとは思うが、ライフテロとは医療機関や保険会社ばかりを狙う、全く新しいタイプのテロ集団だ」

独身だろうか。恋人がいるとしたら女か男か、それが大問題だ。もしフリーなら、可能性はあるのだろうか。そんなことばかり、次から次へと浮かんでくる。鹿嶋が真面目に話しているのに、有利の頭の中は邪《よこしま》なことで一杯になっていた。

「そしてついに、ライフテロが我が国でも活動を開始した」

会議室に緊張が走る。その中で、有利だけが別の問題で頭を悩ませていた。

「ライフテロの主な標的は、日本の最先端医療施設だ。臓器移植治療を妨害すると声明が出されている。そこで医療テロに対処するために、看護師、救急救命士の資格のある者など、必要とされる能力のあるものが集められた。私も……医師の資格を持っている」

有利の口は、マジかよと小さく動いた。

フリーだとしても、これで鹿嶋を手に入れる可能性はかなり低くなった。この若さで特別機動捜査隊の隊長になるだけでも凄いのに、医師免許まで持っているとなったら、気軽に誘えるようなクラスの男ではない。

しかも有利にとっては、直属の上官だ。

「医療現場が襲撃《しゅうげき》され、医師、看護師などが不足した場合、手助け出来ることが重要な職務ではあるが、特別機動捜査隊の基本訓練もおざなりには出来ない。テロ集団はそこが病院でも構わずに、人質を取り銃撃してくる可能性があるからだ」

鹿嶋の言葉を聞きながら、では自分は何で選ばれたのだろうと疑問が湧いてきた。

ハイスクールから日本で暮らしているが、通っていたインターナショナルスクールには、各国からの生徒が来ていて、元々堪能な語学がより堪能になった。そのおかげで選ばれたのかもしれない。

選ばれたことは名誉だ。けれど鹿嶋が上官なのは迷惑だった。

まさに理想の男そのものである鹿嶋相手に、私情を交えずに仕事をするのは不可能だ。有利にとってこの仕事は、ぜひやり遂げたいことだけに、それが何より辛い。

それから鹿嶋は、隊員一人一人の名を呼び、皆の前で自己紹介をさせた。医療資格を持っている者だけでなく、特殊機械の専門家や薬学に詳しい者もいる。次々に紹介されていく隊員に続き、最後に有利の名が呼ばれたとき、一番能力がないのは自分だと有利は思っていた。

「蘭有利」

「はいっ」

起立して、これまで勤務していた署の名前を口にする。けれどその後に続く、有資格と呼べるようなものがほとんどない。

「蘭は、アメリカ育ちで、外国人犯罪者を見つけ出すのに、特異ともいえる能力を持っている。警察犬並みの鼻の良さだな。日常会話なら数カ国語を苦もなく話し、さらに射撃の成績はこの隊で一番だ」

鹿嶋が見事にフォローしてくれて、有利は救われた。資格と呼べるようなものは何もないが、自分も結構使える男じゃないかと、改めて自己評価を上げることが出来たのだ。

何て優しい隊長だろう。この隊長のためなら、命を捨てられる。迷惑だなんて思ったことは即座に撤回《てっかい》した。たとえ永遠に手に入らない男だとしても、有利は鹿嶋を思い続け、忠実な部下になろうと心に誓った。

それからは連日過酷《かこく》な訓練の日々だった。けれど有利は誰よりも頑張った。鹿嶋に気に入られ、目に留めて貰うにはそれしかなかったからだ。

何よりもの楽しみは、訓練の後のシャワータイム。有利は鹿嶋の隣りのシャワーブースを、いつも狙っていた。たとえ触れることは許されなくても、その体をゆっくり鑑賞することは許される。

鹿嶋が体を洗っている間、仕切り越しにその体を盗み見た。そして鹿嶋がシャワーブースを出て行くときは、不自然でないようにシャワーの湯を頭から被りつつ、じっと裸の後ろ姿を見つめていた。

ときにはシャワーブースの中で、鹿嶋とのことを想像しながら自分を慰めたこともある。一番焦ったのは、鹿嶋の裸を見て興奮してしまい、また慰めようとしたときに、隣りのシャワーブースからいきなり話し掛けられたときだ。

「ボディソープあるか？　こっちの空だ。回してくれ」

慌ててタオルで股間を隠し、ボディソープを渡そうとしたが、滑《すべ》ってボディソープは床に落ちてしまう。それを鹿嶋が拾い上げ、有利を見て微笑んでいた。

何もかも一気に思い出してしまった。

住んでいたのは、こんな洒落たマンションではない。独身警察官が住む官舎《かんしゃ》だ。狭い官舎なのに、アメコミが溢れていてよく同僚から笑われたものだ。

あの部屋にあったものは、すべてこちらに移動されている。病気のせいで引っ越してきたと思わせられたが、そもそも病気ではなかったのだ。

朝になっても薄暗い部屋の中、有利は一睡《いっすい》もせずに記憶を辿《たど》っていた。その間もずっと鹿嶋に抱き付き、その寝顔を見つめながらだ。

自分が警察官で、鹿嶋が上官だったことは分かる。そして撃たれたのも、恐らく事実だ。分からないのはその先だ。どうして鹿嶋は、嘘の恋人になったのだろう。部下である有利が怪我をしたからといって、わざわざ有利の願望を叶えてくれる意味が分からない。

さらに別の人生のシナリオまで用意されていた。なぜ、警察官でいたことが隠されているのかも謎《なぞ》だ。

分からないことだらけだ。なのに鹿嶋を叩き起こして、真実を聞き出す気にはなれなかった。

「んっ……有利、少し は眠れたか?」

ふっと鹿嶋の目が開いた。

「……うん……」

目覚ましが鳴っているわけでもないのに、鹿嶋は時間どおりに目覚める。リモコンでロールカーテンを巻き上げ、朝陽《あさひ》を寝室に招き入れた。そして有利の額に優しくキスすると、先にベッドを出て行く。

その後ろ姿を見送りながら、有利は記憶が蘇ったことを言うべきか悩んだ。

どんな理由があるのか分からないけれど、もう少しこの素敵な嘘の関係を続けていたい。鹿嶋に愛され、大切に守られている役を降りたくはなかった。

「あの金、遺産なのかな? 本当に両親は死んだんだろうか? 一年前って鹿嶋さんは言ってたけど、それはない。嘘だ」

撃たれる前までの記憶は蘇った。両親どころか、祖父母も生きていた。彼らが死んでいなかったら、口座にある多額の金の説明が付かない。有利も保険には入っているが、あんな高額が支払われるようなものではなかった。

記憶が戻っても、今の生活が謎だらけなのは変わらない。唯一確かなのは、ずっと憧れていた鹿嶋と同居していて、昨夜ついに結ばれたということだけだ。

「そうか……下手なのは、男としたことがなかったんだ……」

まだベッドに残っている鹿嶋の温もりを確かめながら、有利は泣きたい気持ちになってくる。

鹿嶋がセックスを拒んでいたのは、有利の体を心配していたからではなく、この関係が最初から嘘だったからだ。何で同居しているのかは謎だが、鹿嶋は嘘を貫き通すために、昨夜は意を決して有利を抱いたのだろう。

出来ればセックスは避けたかったのかと思うと辛い。無理して抱いたにしては、昨夜の優しさが本物のようで余計に胸が痛んだ。

「最初途惑ってたのは、自分がやられる立場だったらどうしようって、内心かなり焦ってたんだろうな」

そう思うと笑える。有利は泣きながらも笑っていた。

「あんなに優しくしてくれたのに……全部、嘘だったのか」

だが優しさのすべてが嘘だとは思えない。男の体は正直だ。本当に嫌悪感があるなら、最後までやれるものではない。鹿嶋は有利の願いを拒むことなく、結局はちゃんとしたセックスをしてくれたのだ。

「ただのルームメイトって設定にすればよかったんだ。何で恋人だなんて……」

撃たれる直前のことは、まだあまり思い出したくない。悪夢という形で、何度も自分の死を経験したから、再び蘇らせるのは辛かった。

けれど死ぬ前に恥ずかしい告白をしたのは覚えている。あの告白で鹿嶋が同情してくれて、恋人役を志願《しがん》したのなら頷ける。鹿嶋はそういう律儀《りちぎ》な男なのだ。

「こっちが夢の世界なら、もう少し夢の中にいたいな。隊長に愛されるなんて、夢でもなければあり得ないんだし」

撃たれた後、自分は植物人間となって、覚めない夢の中にいるのではないかと思えてきた。けれど夢にしてはリアルで、体には昨夜愛された感触がまだ残っている。

「そうか……もしかしたら」

有利は胸にある傷跡に触れてみた。

「ただの怪我じゃないんだ。俺を撃ったあの男。ライフテロの男だった。この心臓は……あのときに一度壊れたんだ。そして俺は……本当に死んだ」

すべての答えは、そこにあるような気がした。それを確かめるには、鹿嶋を問い詰めるか、または滝本に会うしかない。

「いや、滝本先生と隊長は繋がってるだろう。滝本先生に言ったことは、そのまま伝わる可能性があるもんな」

考えれば考えるほど、これからどうしたらいいのか分からなくなってくる。相談する相手も思いつかず、有利はベッドの中で考え続けていた。

「起きろ。朝飯だ」

ドアが開き、ワイシャツとネクタイ姿の鹿嶋が顔を出す。

鹿嶋はシャワーを浴び、着替えて朝食の支度もしたのだ。その間有利は、かなりの時間一人で悶々としていたらしい。

有利はよろよろと起き上がり、パジャマのままダイニングテーブルに向かった。

「綺麗なオムレツ……」

皿にはオムレツと焼きトマト、それにブロッコリーが乗っている。いかにもおいしそうな朝食だった。

「今日はちゃんと昼も食べろ。いいな」

「えっ……あ、はい」

有利のしどろもどろの返事に、パンを焼いていた鹿嶋は怪訝そうな顔になった。

「どうした？　調子悪いのか？」

心配そうに有利を見ている鹿嶋だったが、有利がさり気なく下半身に触れて微笑むと、途端に照れたような笑みを見せた。

「久しぶりだからきつかったかな？」

「んっ……」

本当に久しぶりだった。鹿嶋と出会ってからというもの、遊びで男と付き合うようなことは一切していない。たとえ一生結ばれることはなくても、鹿嶋以外の誰とも寝ないと勝手に心に誓っていて、いつでも妄想の中の鹿嶋相手に、一人で自分を慰めていたのだ。

「オムレツ、チーズ入りだ。好きだろ？」

「んっ……ありがとう」

鹿嶋は優しい。嘘の関係だというのに、本物の恋人以上に優しい。有利はぼうっとしたまま、鹿嶋の差し出す焼きたてのトーストを受け取る。

「有利が喋らないと、何だか変だな。本当に、どうしたんだ？」

もしかして思い出してしまったのかと、探りを入れているのだろうか。そんな疑念を持ってしまうのが辛い。

「何か……幸せすぎて、夢の中にいるみたいなんだ」

本心からそう思う。鹿嶋との二人暮らし、愛され、そして尽くされ、心配されている。有利にとってこれ以上の喜びはない。

「この程度で幸せだなんて言うな……。ワールドカップで、日本がベスト4入りしたら、もっと幸せになれる」

「優勝しないと駄目だよ」

「それは……かなり厳しいな」

苦笑しながら鹿嶋は、空のマグカップを示す。

「コーヒー入れて」

「んっ……」

コーヒーメーカーには、淹《い》れたてのコーヒーがいい香りを漂わせている。すると以前、コーヒーに大量の砂糖とミルクを入れている有利のことを、鹿嶋が笑っていた場面が思い出された。

訓練の後で、皆で昼食を摂っていたときだ。食後、鹿嶋にコーヒーを運ぶのは率先《そっせん》してやった。そしてカップを下げるときに飲み残しがあると、苦いブラックコーヒーなのにこっそり隠れて飲んでいた。

鹿嶋との間接キス。けれどそれはとても苦い。有利の恋の苦さそのもののように感じられたのだ。

諦めようとすればするほど、鹿嶋への思いはつのっていく。知れば知るほど、鹿嶋が魅力的な男だったから、どうすることも出来なかった。

「砂糖もこっちのノンカロリーに変えたほうがいい」

ぼんやりとコーヒーを見つめている有利に、鹿嶋はノンカロリーの甘味料を示す。

「運動量が少ないのに、糖分摂りすぎると糖尿《とうにょう》になるから」

「入れないで飲むように訓練するよ」

「それならいっそ紅茶にしろよ。飲みやすいだろ。おいしい紅茶を買うといい」

「そうだね……そうする」

父のように、または兄のように有利の体のことを心配し、恋人らしく愛してくれる。

この鹿嶋の姿が、みんな偽物だというのだろうか。

嘘でもいいような気がしてくる。このままずっと騙されていれば、鹿嶋は変わらずにこうして有利を愛してくれるのだから。

それともある程度の時が過ぎたら、鹿嶋は元の生活に戻るのだろうか。そうしたらここに有利は、たった一人で取り残されるのだろうか。

鹿嶋のように優秀な人間が、あの後で警察を辞めたとは思えない。もしかしたら仕事のことでも鹿嶋は、嘘を吐いているのかもしれなかった。

だったら鹿嶋の身も、絶対に安全とは言い切れない。

鹿嶋を守りたくても、今の自分では何も出来ないのだと有利は絶望的な気持ちになった。

「元気ないな？」

心配そうな顔は、演技なのだろうか。元々、部下のことはよく面倒みてくれていた鹿嶋だから、今も変わらず部下として見ているのかもしれない。愛されていると素直に思うことはもう出来なかったが、それでも心配されて嬉しかった。

「鹿嶋さんが出掛けたら、また一人なのかと思ったら、元気でない」

本音だ。たとえ鹿嶋のすべてが嘘だとしても、優しくされるのは心地いい。一日中でも、優しくかまっていて欲しい。

「外出できる様になったら、犬を飼ってもいいぞ。小さいのが駄目なら、引退した盲導犬《もうどうけん》とか警察犬はどうだ？　散歩のとき、無理に走ったりしないから飼いやすいだろ」

この思いやりはどうだろう。有利の願いは、魔法のようにすべて叶えられるのだろうか。

「性格のいい、大人しい犬だといいな。ここは公園の側だし、後は……いい獣医を見つけておくことかな」

「名前はクリプトがいいな。知ってる？　クリプト」

「子供の頃に飼ってた犬だろ？」

「スーパーマンが飼ってる、スーパードッグがクリプトなんだよ」

鹿嶋はそこでとびきりの笑顔を見せる。

辛い訓練の間も、時折見せる鹿嶋のこの笑顔が、どれだけ励みになっただろう。

手が銃の重さを思い出していた。現場に復帰したい。そしてこれまでのように、鹿嶋の背後について援護したかった。

「日曜は、ロブスター食べよう。テラスのある、いいレストランを見つけたんだ」

「洒落た店？　だったら着ていく服、どうしようかな」

「暑くても長袖にしたほうがいい。陽に焼けるから」

炎天下《えんてんか》、重たい装備を担いで走る訓練をしてきたのだ。それがどうだろう。レストランのテラスで食事するのに、長袖着用と指定されている。

底の厚いブーツ、防弾ベスト、特殊警棒に銃、手錠、ナイフ、真夏だろうと真冬だろうと、常に身近にあったものだ。時には特殊防護服を着て、何キロも歩く訓練をした。

スーパーヒーローになれるなんて思っていない。もうそんな子供じみた考えはなかった。けれど正義のために戦える人間ではいたかった。そのために訓練が必要なら、どんなに辛くても耐えられたのだ。

あそこにいられたから、自分にも少しは価値があったと有利は思う。けれど今の自分には、何の価値も存在意義も見いだせない。

そんな自分から、鹿嶋を自由にしてあげたかった。

有利が思い出したと告白して、この同居にどんな理由があるのか鹿嶋に説明してもらう。そして理由がはっきりしたら、もう一人でやっていけるから、鹿嶋のお守りは必要ないと申し出る。

鹿嶋にだって自分の生活がある筈だ。もう有利のために、何もかも犠牲《ぎせい》にする必要はない。愛してもいない相手と、義務や責任感で一緒にいる必要はないのだ。

「デートするのは何カ月ぶり？　日曜が楽しみだな」

笑顔でそう言ったけれど、恐らくそれが最初で最後のデートになるのだろう。

今度はもう忘れない。なぜならこの記憶は本物だからだ。たとえ鹿嶋の気持ちが偽物でも、有利にとっては本物のデートになる。

最高のデートにしたかった。

日曜は朝からいい天気になった。車で海浜公園に向かう間、有利は今日一日を精一杯楽しもうと思っていた。

鹿嶋は明日から大阪出張と言っているが、それはきっと本当だろう。何しろワールドカップの警戒は半端じゃない。日本中の警察官が招集されて、警備に当たっているのだ。ライフテロ対策特殊部隊だって例外ではない。むしろいつも以上の警戒が必要で、隊員達は緊張の日々だろう。

なのに鹿嶋は有利のために休みを取った。そこまで大切にされる意味は、いずれはっきりするのだろうか。

「いい天気だな」

鹿嶋は運転しながら呟く。

「そういえば盗まれたロボットポリス、どうなった？」

「ああ、大音量でサイレン鳴らしたせいなのか、スーパーの駐車場に置いていかれた。そのまま自力で自分の勤務管区に戻ってきたんだが、盗んだやつの車のナンバーから顔まで、しっかり録画していてくれて、即座に犯人逮捕だよ」

「自分で歩いて戻るんだ？」

「足裏に車輪が出るようになっていて、時速二十キロくらいで走れる」

そんなものが多数置かれるようになったら、交番勤務の警察官が少しは楽になるかもしれない。有利は交番勤務だった二年間を思い出し、そこにロボットの相棒がいることを想像する。

街中で活動するロボットポリスは、あのキリストのような男の姿を認識するのだろうか。そして知らせてくるのか、それが知りたい。鹿嶋を護ることはもう有利には出来ないが、ロボットポリスがその役を少しでも担ってくれるのだろうか。

昨日は鹿嶋の出勤後、ライフテロのことをネットで調べた。過去が蘇ったせいなのか、頭痛がすることはなかったので、楽にネットの中を泳ぐことが出来たのだ。

けれどどこにも、有利が銃撃された日のことは書かれていなかった。もちろんライフテロ側からの襲撃報告なんてものはない。あの日あったことは、有利の妄想だったのかと思えるほど、綺麗にかき消されてしまっていた。

現実にあったことだと言える証拠はある。有利の胸に残った傷だ。元から心臓病だったわけではない。テロの実行犯に撃たれたのだ。もしかしたら死んでいたかもしれない。

それなのに事件の記載はなかった。

「有利……一年だ。一年間、何事もなく過ごせたら、無理をしなければ、何でもやれるようになる」

「一年で完治するってこと？」

「完治といっても、以前と同じようには無理だろうな」

　一日パソコンの前にいるなら、今の生活と何ら変わりはない。有利が心臓病だったという設定にしたのはいいが、鹿嶋はやはり嘘を吐くのが下手だ。鹿嶋の脳裏には、過酷な訓練に耐えていた有利の姿があるからだろう。

「元気になったら走りたいな。俺、きっと走るのものすごく好きだと思う」

　ランニングをすると、隊員の中ではいつも一番でゴールしていた。他の隊員と違って、有利が誇れるのは身体能力だけだったから、余計に張り切っていたのかもしれない。

「それとバイク乗りたい。駐車場にあった、赤と黒のペイントされているバイク、あれ、俺のだよね？」

「そうだよ。覚えてたのか……」

　鹿嶋の語尾が小さくなる。こういったとき、鹿嶋は不安を感じていることが多い。もしかしたら鹿嶋も、そろそろ有利の記憶が戻ったのではないかと、疑いだしたのかもしれない。

「大学の合格祝いに、グランパが買ってくれたんだ」

祖父母も両親も、まだ生きていると思う。撃たれる前までの電話番号とメールアドレスは使えなくなっている。祖父母や両親が、自らアドレスや番号を変えるなんてことはありえない。有利が連絡出来ないよう、強制的に変えさせられたのではないか。そんな疑いまで持ってしまう。

嘘の生活も今日で最後だ。明日からは、真実を知るために動き出すつもりだった。

だからこそ、今日の夢、甘い嘘の世界に浸りたい。

海浜公園に着くと、浜辺は大勢の人達で賑わっていた。子供達は水着になって、穏やかな波が打ち寄せる水辺ではしゃぎ回っている。どこかでバーベキューでもしているのか、馴染みのある匂いが漂っていた。

有利は靴と靴下を脱ぎ、パンツの裾《すそ》をロールアップして海に入る。

「海、大好きだったんだ。あのバイクでフェリーに乗って、沖縄《おきなわ》や北海道《ほっかいどう》にも行ったよ」

鹿嶋は海には入らない。ただ有利の近くにいて、そっと見守っていてくれるだけだ。

「スキューバもやった。おかしいよね……心臓悪いのに」

謎かけのようにして言ったのに、鹿嶋はまだ本心を明かさない。あくまでも嘘を貫き通すつもりなのだろう。

「もう治ったから、これからまた楽しめるさ」

子供達が貝殻《かいがら》や海草を拾っている。その姿を見ながら、有利は鹿嶋に対して残酷な質問をしていた。

「鹿嶋さん、どうして結婚しないの？」

「はっ？　何言ってるんだ。おまえがいるのに」

「俺がいなかったらする？」

「怒らせたいのか？」

どうせ怒っても本気じゃないだろう。だから大胆にも、有利はさらに挑発《ちょうはつ》するようなことを口にする。

「鹿嶋さんの両親、俺、知らないよね。まだ紹介とかされてないんだろ？　それは俺が恥ずかしい存在だから？」

「有利を紹介してない。そうだな……だけどそれは恥ずかしいからじゃない。俺が両親と不仲だからだ」

鹿嶋の家族のことなんて何も知らない。何しろ上官だ。プライベートなことは、鹿嶋が口にしない限り、有利から訊くようなことはなかった。

不仲だから知らない、よく考えついた嘘のように思える。けれど続けて鹿嶋が口にしたのは、案外本当のことのように思えた。

「両親は医者で、俺も医者にしたかったみたいだ。医大を卒業して、研修医を終えて、海外青年協力隊で紛争国《ふんそうこく》の医療に回ったんだが、そこで……分からなくなった。日本で医療に携《たずさ》わる意味って、いったい何なんだろうって」

「だって医者だよ？　命を救うんだよ。どこでやっても同じじゃないか」

「いや、同じじゃない。異国では十分な医療を受けられない人が大勢いる。攻撃され傷ついても、手当するための医薬品すら足りないんだ。日本では、病院に行きさえすれば、すぐに手当が受けられるのに……」

生真面目な鹿嶋のことだ。現実にそんな経験をしたら、かなり悩んだだろう。

「そのまま海外青年協力隊にいたかったんだが、紛争が激しくなって、かなり危険になってきたとき、母が俺を呼び戻そうとしてきた。断ったら、母が自殺未遂をしてね。結局は日本に呼び戻された」

「えっ……」

とんでもない話だ。なのに鹿嶋は、海外青年協力隊より危険な警察の特殊部隊に志願したというのか。

「俺がいれば、少なくとも百人は救えた。なのに……狂言自殺なんてした母一人のわがままのせいで、命を落とした人もいたと思うと悔しくて……母を未だに許せない」

「お母さん、本当に死ぬ気だったのかもしれないよ」

「ありえない。現役引退していたが、元は有能な医者だ。何をどうすれば死ねるか分かってる。死なない程度に、自分を痛めつける方法もな」

鹿嶋にしては珍しく、憎々《にくにく》しげな口調で言っている。

そんな経験をしたのなら、皆に平等に死をと唱《とな》えるライフテロに対して、むしろ共感するのではないのか。そうも思ったが、やはり関係ない人間まで巻き込んで、爆破テロなどやる集団は許せないのかもしれない。

これまで知らなかった鹿嶋の一面を、これで知ることが出来た。それで鹿嶋に対する気持ちが揺らぐことはない。むしろそんな身勝手な母親から、よくこんな完璧な男が育ったものだと思ったぐらいだ。

「もう一度、海外に出ればいいのに……」

有利の言葉に鹿嶋は首を横に振り、そこで靴を脱ぎ始めた。靴下も脱ぎ、同じようにパンツの裾をロールアップすると、海に足を浸し始める。

「両親と絶縁する条件が、仕事で海外には出ないことだったんだ。日本にいるなら、どんな危険な仕事をしてもいいらしい」

それで警察官になったのだろうか。詳しいことを知りたくても、今はまだ訊けない。有利は人目があるのも構わず、鹿嶋の手を握った。

「医者には戻らないの？　ロボットポリスの営業より儲《もう》かるよ」

「医者になったら、家を継げって言われるに決まってる。そして無理矢理見合い結婚させられて、跡取り作れと言われるだけさ。自分で納得した生き方をしたいなら、絶縁したほうがいい。そう思わないか？」

「見合いは……やだな」

鹿嶋には幸せになって欲しいけれど、他の誰かと結婚されるとなると、やはり心が痛む。しかも鹿嶋が選択したのではなく、強制されたとなったら尚更《なおさら》だ。

「安心しろ。結婚する気はないよ。それは両親にもはっきり言った」

「だったら、恋人が男でも文句は言われないね」

「そうだな。だけど会わせるわけにはいかない。恐らく有利を傷つけるために、ありとあらゆる知恵《ちえ》を絞《しぼ》って、嫌み攻撃してくるだろうから」

「そっか。戦える自信はあるけどね」

それぞれ片手に靴を持ち、手を繋いで波打ち際を歩いた。人は大勢いたけれど、みんな優しい無関心を装ってくれて、男同士のカップルに注目することもない。

「俺の両親が生きてたら……そうだな、ママはきっと鹿嶋さんのこと気に入るよ。パパは、もしかしたらいきなり殴ってくるかもしれない。それで鹿嶋さんが巧《たく》みに避けたり、反撃してきたら、そこで認めてくれる」

「……」

鹿嶋の手から、緊張感が伝わってくる。そろそろ鹿嶋も、連日の嘘に疲れてきているのだろう。有利の両親が二年前に死んだなんて嘘は、いずればれる。今のうちに真実を告げたくなってきている筈だ。

「パパは体格がよくて、運動神経もよかったから、大学までずっとアメフトのスターだったんだ。頭も悪くなくてさ。シアトルの化学工場の研究室で、排水浄化の研究してたんだ」

「素晴らしいパパだな」

「うん……だから俺はファザコンなんだと思う。頭がよくて、逞しいアスリートタイプに弱いんだ」

「それは俺のこと？」

そうだよとは言わない代わりに、有利は強く鹿嶋の手を握る。そして微笑んだ。

「パパの誇れる息子になりたかった。だけどいくつになっても、女の子に関心湧かなくて、アメコミのヒーローにばかり夢中で……それで分かったんだ。一生、パパが望むような結婚は無理だって」

「期待どおりの息子なんて、この世にはいないさ」

「だよね。鹿嶋さんもそうだって知って、何かほっとした。俺だけがだめだめなのかと思ってたからさ」

こんなふうに自分のことを、何もかも話せる相手はそういない。本当はさらに突っ込んで、お互いにどうして警察官を目指したのか、そんな話もしてみたい。なのにまだ嘘の世界は続いていて、その中に少しずつ真実を混ぜている感じだった。

「インターナショナルスクールで、本気で好きになったやつがいたんだ。初めてのボーイフレンドで、もう夢中だったたな。同じサッカークラブに入っていて、イギリス人と日本人のハーフだった」

「それは……少し妬けるな」

「だけど悲しい結末があるんだよ。夏休み、やっと二人きりになるチャンスがあって、キスからやり始めたのはいいんだけど……二人とも、求める方向が同じでさ。つまり俺達は、ガールフレンドだったたってわけ」

「ここは……笑ってもいいのかな？」

耐えきれなかったのか、鹿嶋は遠慮無く笑い出す。有利も一緒に笑ったが、そのガールフレンドのフレッドとは、今でも友人関係が続いていることを思い出した。

友人がいなかったわけじゃない。友人達の前から、一方的に姿を隠されたのだ。

心優しいフレッドは、有利から連絡が途絶《とだ》えたことで、今頃ひどく心配しているだろう。

「俺達、こういうプライベートな話って、あまりしたことないよね？　それとも俺が忘れているだけ？」

「そうだな。お互いに家族のことや、昔付き合ってた相手のことは話してなかった」

「そっか……じゃあ、これでまた一歩前進だね」

何歩進んでも意味はない。鹿嶋は有利が記憶を取り戻したとなったら、上官に戻って有利の前から姿を消すだろう。

そして有利には何が残るのだろう。家族や友人に自分の生存すら秘密にして、あのマンションにずっと一人で暮らせというのだろうか。

「気持ちいいな……こんなふうに風を感じるなんて、何年ぶりだろう」

鹿嶋は本心からそう思っているのだろう。目を細め、眩しそうに空を見上げながら呟く。

「親との確執《かくしつ》とかあるんだろうけど、鹿嶋さんももう少し楽に生きたほうがいいよ」

「楽にか？」

「うん、自分を犠牲にするばっかりじゃ駄目だよ。もっと自分を可愛がって、楽しませてあげなくちゃ」

余計なことだと分かっていても、今しか言えないような気がした。上官の鹿嶋に対して言ったら生意気だが、恋人なら許される。

「俺といると楽しい？」

嘘でもいいから、楽しいと言って欲しい。すると答えは意外な形で返ってきた。

人目もあるのに、あろうことか鹿嶋はキスしてきたのだ。

「楽しいよ。有利とだったら、こんなことも出来るくらい」

嘘が上手すぎる。これでは本当に愛されているみたいだ。これならずっと騙されたままでいたくなってしまう。

嘘だから楽しいんだと、有利は無理矢理自分を納得させるしかなかった。

鹿嶋は大阪に出掛けたが、今度の出張は本当だろう。何しろ日本中の警察官が、大阪に送られているのだから。

一週間は一人の筈だ。その間に有利は、謎を解明しようと思っていた。

まずは病院に行くことにした。大学病院の分院という体裁《ていさい》を取っているが、救急車が患者を運び込むこともない。来院者の姿も、退院していく患者の姿も、一切見られない謎の病院だ。

有利は窓から病院を見つめながら、辛いけれどあの日の記憶をたぐり寄せた。

「麹町方面の監視カメラが、ライフテロの一員を捕らえた。一班は、ただちに麹町方面に出動。二班は、これより帝都大学病院分院に向かい、警護に当たる」

鹿嶋の言葉に、隊員は緊張を高める。

ついにライフテロメンバーが動き出した。監視カメラにキリストに似た風貌の男が映っていたとしても、それが爆破や銃撃の実行犯とは限らない。彼らのよく使う手で、整形した人間を数人、同時刻に街中にばらまくのだ。

今回も、わざと監視カメラのある場所を歩いている可能性がある。陽動《ようどう》作戦に引っかからないようにと、鹿嶋は二班に分かれての行動を指示していた。

整形されているのはほとんどがホームレスや金に困った若者で、自分の顔を失う代わりに、金や快適な住まいを与えられていた。だが、いい仕事を得たと単純に喜んではいけない。時に、中身が爆弾だと知らずに運ばされ、命を落とすことも多々あるからだ。

ダミーはそういった素人《しろうと》を集めたとしても、病院を襲撃したりする実行犯は、筋金入《すじがねい》りのプロが雇われているだろう。どこからどうやってプロを雇うのか、また組織で養成するのか、未だに真相は何一つ分かっていない。

ライフテログループの資金がどこから出ているのかも、不明のままだ。かなり潤沢《じゅんたく》な資金を持っているようだ。ダミーの整形や、実行犯の使う爆薬や銃など、金が必要なものばかりで、しかも活動拠点は、数カ国に散らばっている。

やつらの活動開始から五年、ついに日本の医療組織が狙われ始めた。

帝都大学病院、そこに滝本博士の率いる臓器再生グループがいる。臓器再生に関しては、世界一の研究グループだ。これまでに肝臓と腎臓の再生に成功し、今は心臓の再生に携わっている。

誰にも平等な死を願うライフテログループにしてみたら、滝本博士のような人間こそが、真っ先に消さないといけない存在だろう。犯行声明は出されていなかったが、鹿嶋はライフテログループの標的が滝本博士だと読んでいた。

二班の隊員十二名が、帝都大学病院分院に到着する。すると鹿嶋が指示を出した。

「本木《もとき》チームは、不審車両の点検。秋山《あきやま》チームは、地下から順次、不審者がいないか病院内を調べろ。蘭は私と共に、医療スタッフを安全な部屋に移動させる」

鹿嶋と二人きりだ。こんなときにも、有利は些細《ささい》なことで幸福を感じる。何しろいつも大勢の隊員が入れ替わり立ち替わり鹿嶋の側にいて、二人きりになれるなんて滅多にないからだ。

エレベーターに乗り込み、医療スタッフがいるという三階に向かう。その間に、有利は気になったことを質問していた。

「医療スタッフ以外にも、働いている人がいると思いますが、彼らはどこに誘導しますか?」

「その必要はない。医療スタッフ以外は、すべてロボットだ」

「へっ?」

有利の驚いた様子に、鹿嶋は口元を僅かに緩めて微笑んだ。

「極秘事項だ。口外するな」

「は、はい」

では清掃や調理の担当者、受付まですべてロボットがやっているというのか。だったら人質に取られる心配はないから、有り難いことではある。

「まさか、こういった事態を想定してロボット導入なんですか？」

「それだけじゃない。ロボットは帰宅後に余計なお喋りなどしないだろ。だから患者のプライバシーを守れる。ここには……普通の人間だったら興味を持つような人物が、何人も入院しているからな」

「知りませんでした」

「隊員達を信用していなかったわけじゃない。むしろ知らないほうが安全だから、出来ることなら教えたくなかった」

エレベーターのドアが開く。そこは一般の病院だったら、ナースステーションや医局に該当《がいとう》するような場所だろう。

もっと大人数がいるのかと思ったら、そうでもなかった。滝本ともう一人の医師、それに看護師が三人いただけだ。

「全員いますか？」

鹿嶋の問いかけに、滝本は頷く。

「他の研究員や職員は、研究所にいます。入院患者は現在三名。四階への防護扉をすべて閉じたので、病室にはもう入れません」

要人が入院しているからなのか、警備は普通より厳重になされているようだ。有利はよく知らないが、警察の情報部や政府機関は、すでにこういった事態が起こることを想定していて、この施設を特別仕様で設計させたのかもしれない。

「この階でもっとも安全な場所は、どこになりますか？」

「奥の手術室と処置室です。その手前に防護扉があります」

「では、そちらに移動を……」

鹿嶋が促すのと同時に、エレベーターの扉が爆風で吹き飛んだ。

その衝撃で、集まっていた全員が倒れる。窓ガラスはどうにか衝撃に耐えたが、ナースステーションの強化プラスチックの窓や、カウンターが吹き飛んでいた。その破片で、医療スタッフが怪我をしたようだ。

有利は衝撃にも倒れることはなかった。急いで体勢を立て直し、冷静に銃を構えて来るべき襲撃に備える。

まずは医療スタッフを安全なところに誘導しなければいけない。そう思ったところで、いきなりショットガンを持った男が現れた。これまで見てきた人相と同じ、長髪で髭の男だ。厳しい訓練の賜《たまもの》で、有利は迷うことなく男を撃っていた。

鹿嶋が有利を選んで同行させた意味が分かる。こういった事態に陥《おちい》ったときに、冷静かつ的確に敵を撃てると信頼していたからだろう。

信頼を裏切りたくない。有利の射撃は完璧で、敵のショットガンは炸裂《さくれつ》したものの、弾はすべて虚しく天井を打ち抜き、ライトの破片がバラバラと降り注いでいた。

ヒーローになりたかったのは本当だ。父にとっては、ゲイの男といったら女装して女言葉で話す、男を捨てた生き物に思えるらしい。だが有利は違う。ベッドではプリンセスでいたいけれど、それ以外では男らしい正義の味方でいたいのだ。

ちゃんと父の理想とする、戦う男になった。そしてこうして戦っている。

再び有利は、ショットガンを持った男の肩を撃ち抜く。これでもうやつは銃撃出来ない。そう思ったのに、次の瞬間、その男の後ろからライフルを構えた新たな敵が現れた。

悪夢そのものだ。全く同じ顔をしている。生まれつきの双子のようだ。

けれど今度の敵は、ショットガンのやつより利口だった。物陰に巧みに身を隠し、床に蹲っている医療スタッフを狙ってくる。

「エレベーターは無理だ。他の階への退路は断たれた。奥の手術室に向かうしかない」

鹿嶋が滝本を助け起こしながら言っている。滝本は爆発で吹っ飛んだプラチックで怪我をしていて、額に血が滲んでいた。

「隊長、私が援護します。その間に博士達を連れて、移動願います」

こちらも敵を撃てない代わりに、敵も身を乗り出さないとこちらを撃てない。敵はあと一人なのか、それともまだ背後に何人か隠れているのか、全く分からなかった。

「もうすぐ応援が来る。それまで待て」

「爆発物をまだ所持しているかもしれません。応援の到着で、焦って使用するかもしれないので、急いで防護扉のあるところまで、移動してください」

「蘭、無理するな。私が援護に回る」

「いえ……隊長。あなたに死なれては困ります」

愛する鹿嶋に死なれたら、有利が困るのだ。

鹿嶋は死んではいけない。警察官としての名誉を与えられ、幸せに生きていって欲しい。

死んでもいいのは有利だ。鹿嶋のことをどんなに思っても、これ以上何かが変わることはあり得ない。永遠の片思いに、足掻《あが》き苦しむだけだ。

いっそここで鹿嶋を守って死にたい。そうすれば鹿嶋は、有利のことを一生忘れない。自分のために命を投げ出した部下だと、いつまでも覚えていてくれるだろう。

それでいい。それで十分だ。

『隊長……好きでした。蘭は、最期まで愚か者ですが、あなたに対する忠誠と愛は本物です。どうか……ご無事で』

心の中で呟いた。その瞬間、鹿嶋と視線が絡み合う。

ああ、本当にいい男だなと、こんなときだというのに有利は鹿嶋に見惚れていた。

これが人生の最期となるかもしれないが、後悔はなかった。恋は叶わなかったとはいえ、最高の男と出会えたのだ。それだけでもう十分過ぎる。

「行ってください。敵は、ここで食い止めます」

「蘭、バカな真似をするなっ！」

鹿嶋の制止も聞かずに、有利は飛び出していた。物陰に隠れていた敵も、釣られて前に出てくる。そこを狙って迷わずに撃つ。

姿だけはイエス・キリストのような男。けれどその男がもたらすものは福音《ふくいん》などではなくて、残酷で無慈悲《むじひ》な死だ。

いきなり目の前に飛び出してきた有利に、敵も驚いている。だがさすがに大役《たいやく》を担った狙撃手だけに、狼狽えながらも有利に向かって引き金を引いていた。

そっちは心臓を狙ってくるのか。だったら俺は、堂々と頭を狙ってやる。肩を狙えと警

MPD

察では習ったが、この場合はそんな悠長《ゆうちょう》なことは言っていられない。

胸に衝撃を受けたと思ったら、視界はすぐに真っ暗になった。死《し》の淵《ふち》に呑み込まれていくというのに、鹿嶋に無理矢理キスでもしておけばよかったかなと、今更後悔していた。


悪夢は概《おおむ》ね正確だったが、やはり夢だけに事実と違うところが多々ある。結局有利は、最期まで鹿嶋に告白することはなかったのだ。どうやら心に思い浮かんだ言葉を、自分で語ったように思いこんでいたらしい。

ではどうして鹿嶋は、有利の気持ちを知っていたかのように恋人役になったのだろう。あの後でいったい何があったのか、それを知りたかった。

銃撃された病院へ向かって、有利は歩いていく。入院中、何度も病院内を歩き回ったのに記憶が戻らなかったのは、銃撃された場所には一度も行かなかったせいだろう。

病院の正面玄関に辿り着いて、有利は初めてここを訪れたように思った。警察官として来たときも地下駐車場から入ったし、退院するときも通ってはいないからだ。

入り口には監視カメラがあって、有利のことをしっかり撮影している。ドアはまだ開かず、まず出迎えたのは入り口に設置されたモニターに映し出されたロボット美女だった。

彼女の顔には見覚えがある。退院のときに精算に来てくれた女性だ。あのときは何も不自然さを感じなかったが、事実を思い出して改めてよく見ると、確かに人間とは違った雰囲気を持っていた。

「蘭様、ようこそ。本日はどのようなご用件でしょうか？」

モニターの中で、美女は微笑んでいる。彼女は銃撃されても、爆発に遭遇《そうぐう》しても死なないだろうが、修理費用はかなり高くなりそうだ。

「滝本博士に診ていただきたいんですが。ちょっと思い出したことが気になって」

ロボットの難点は、忘れないということだ。ここで交わした会話は、すべて録音されてしまう。だから迂闊《うかつ》なことは話せない。

「ただいま問い合わせますので、そちらでお待ちください」

病院内にはまだ入れず、有利は簡易ベンチに座って待った。

有利が撃ったあの男はどうなったのだろう。もし撃ちそこなっていたなら、今頃鹿嶋や滝本が無事でいられる筈がないから、外しはしなかったのだ。生きているのか、死んでしまったのか、ニュースにもならないから知ることが出来ないままだ。もう一人の肩を撃ち抜いた男は、絶対に生きている筈だ。今頃は取調中だろうか。

何も知らされないのは歯痒《はがゆ》い。本来なら銃撃戦の一部始終を、警察の調査委員に報告しなければいけないのに、それすらしないでいる。

「蘭様、お待たせいたしました。滝本先生が診察なさるそうです」

モニターからそう聞こえると同時にドアが開き、有利は病院内に招き入れられた。

無臭という匂いがあるとしたら、まさにこの病院の空気だ。受付の女性は、多くの受付嬢が身に纏《まと》う、化粧品の匂いすらさせていない。

「エレベーターはこのカードキーをご使用ください。三階、滝本先生の診察室にどうぞ」

カードキーを受け取るときに、改めて美女をじっと見つめる。完璧な美に思えるが、やはりその顔には生気《せいき》がなくて、嘘臭いものが感じられた。

エレベーターに乗り込む。そこで有利は、思わず天井を見上げてしまった。

完璧に思われる建物でも、どこかに欠陥《けっかん》はある。外部からの荷物を搬入《はんにゅう》する関係で、以前はこのエレベーターが警備の弱点だった。犯人達は恐らく、エレベーターの箱の上に乗っていたのだ。警察官が到着し、点検が開始されたと知って、強引に爆破作戦を決行したのだろうか。

三階のフロアも、かつてここで銃撃戦が行われたなどとは思えぬほど、綺麗に直されていた。爆破の衝撃で割れたナースステーションの窓は、以前より強度のあるものに変えられたようだ。新しいカウンターの継ぎ目も不自然さはない。

壁も、床も、天井もどこも白い。匂いもなければ、何の物音もしない病院内は、何だか厳粛《げんしゅく》な葬儀場のようにも思える。

滝本とネームプレートに書かれたドアを叩く。まず深呼吸して、どうやって滝本に事情を説明し、真実を教えてくれるよう頼み込むかを、もう一度頭の中で整理した。

「どうぞ……」

抑揚《よくよう》のない滝本の声が聞こえる。

「失礼します」

過去を思い出した途端に、有利の態度は警察官当時のきびきびしたものに戻っていた。

「ご相談したいことがあってまいりました」

「……記憶、戻ったんですか？」

室内に入ってすぐに、あっさりと見抜かれてしまった。

「はい……戻りました」

勧められて椅子に座ると、有利を見た滝本が微かに口元を歪ませる。どうやら笑ったらしい。滝本の笑顔を、ついに見ることが出来たようだ。

「で、何が知りたいんですか？　私に訊くより、鹿嶋隊長に訊いたほうがいいのでは？」

「隊長は今、大阪の警備に向かっております。大変なときなので、しばらくは記憶が戻ったことも伏せておきたいのですが」

「私に答えられるのは、あなたの心臓を再生して、また元に戻したということだけですよ。それと銃撃で心臓を損傷されたというのは、私達にとって初めての事例なので、あなたには摂生《せっせい》してもらって、今後の経過を見させていただきたい。それだけです」

あっさりと言われてしまったが、有利にはまだまだ知りたいことが山ほどあった。だがこの調子では、滝本はあまり話してくれそうにない。

「お金のこととか、記憶のこととか、よく分からないことだらけなんですが」

「研究を援助しているスポンサーが、私の命を救ってくれたあなたに感謝し、報酬として支払ったものです。とりあえず今後十年、経過を見させていただきますから、その分も支払われています」

「私は、実験台ってことですか?」

「あのときは、しょうがなかったんですよ。鹿嶋が、撃たれたあなたをただちに人工心臓に繋いでくれって言い出しましてね。実は鹿嶋とは……高校から大学の医学部まで一緒でして……鹿嶋も私なら無理が通ると思ったんでしょ」

そんなこと一言も鹿嶋は言わなかった。まさか過去に滝本と何かあったのかと、つい余計なことを考えてしまう。

「鹿嶋のあんな真剣な顔を見たのは初めてで、とても断れなかったんです。しかも時間は限られてますからね。脳死に至ったら救えませんから。血だらけのあなたを抱えて、鹿嶋、必死で手術室まで走ってましたよ」

「……そんなことがあったんだ」

涙が溢れてきた。決して自分で見ることの叶わない場面だが、心に思い浮かべることは出来る。有利の血で汚れるのも構わず、抱き抱えて走る鹿嶋の姿に、涙を止めることは出来なかった。

「責任はすべて俺が取ると鹿嶋が言ったので、撃たれてぐちゃぐちゃになった心臓を取りだし、人工心臓に即座に繋ぎました」

「だったら、なんで意識もすぐに戻らなかったんですか？」

「私達の治療法は、人工心臓が生命を維持している間、脳の一部を、休眠状態にさせるんです。その間に脳に刺激を与えて記憶の一部を消したんですが、こんなに早々に戻ってしまうなんて、どうやら脳神経の医師がミスしたようですね」

勝手に記憶を消すなと怒りたいところだが、そこにも意味があるのだろう。有利は溢れ出た涙を拭いながら、さらに質問していた。

「何で記憶を消したんですか？」

「事件そのものが、シークレットだからですよ。私達がやっているのは、未来に向けての国家プロジェクトです。宇宙船を飛ばすのと同じくらい、価値のあるものですからね。政府も絡んで、皆であなたを守ってくれているんですよ」

さらりと言う滝本の顔には、僅かだか誇りらしきものが見えた。

だが有利にしてみたら、話が大きすぎて実感が湧かない。この体を国が守ってくれると言われても、どうにも胡散臭《うさんくさ》い。

「あなたを死なせるわけにはいかないんです。心臓の再生治療は、まだまだこれからの分野ですからね。成功例を山ほど積み上げていかないといけないんで」

「私は成功例なんですか？」

「日本で、銃撃戦の犠牲者なんてそう出ませんから、本当に貴重なサンプルなんですよ。だけどマスコミにべらべら喋られたら困りますからね。あなたの助かった理由が分かったら、今度は私だけでなく、あなたもテロリストに狙われますよ」

鹿嶋が必要以上に警戒している意味が、分かったような気がした。

感染症の心配だけではないのだ。有利が生きていることがライフテログループに知られたら、彼らは自分達の信念に基づいて有利を再び殺すだろう。

「鹿嶋に言わせると、あなたは記憶が戻ったら、絶対に警察に復帰したがるそうですが、本当ですか？」

　今度は逆に質問されてしまった。改めて訊かれると、確かに現場に復帰したがっていると自分でも感じた。

「そうですね。現場に復帰したいです」

「それでせっかく再生した心臓を、また撃たれるんですか？　それとも今度は脳かな。あの、脳はまだ再生出来ないんですよ。心臓一つ再生するのにもね、もの凄くお金が必要なんです。自分の体の価値、分かってます？」

「い……いえ」

　滝本は冗談を言っているつもりはないらしい。無表情なまま淡々ととんでもないことを話しているが、本人は大真面目なのだ。

「あなたがとても勇敢な警察官だというのは認めます。けれど次回撃たれたとき、十分以内に人工心臓に繋げられ、再生治療を受けられる保証はありますか？」

「いや……それは、どの警察官だって同じでしょう」

「上官の制止を振り切って、自ら撃たれにいく人はそういないですよ」

　嫌みを言っているらしいが、相変わらず表情に変化がない。これならまだ受付のロボットのほうが人間くさいぐらいだ。

「まぁ、あなたの愚かさのおかげで、私も命拾いしましたけどね。テロリスト、まだたくさん爆発物を持っていたらしいですよ。あそこであなたが留《とど》め刺さないと、みんな死んでいたでしょうね」

「被害者が出なかったことは嬉しいです」

本当に守りたかったのは、鹿嶋一人だったのかもしれないが、結果的に皆を守った。ここで有利は自分を誇らしく思わないといけないのだろうが、簡単には喜べない。滝本は思っていた以上にべらべらと喋ってくれたが、それだけでは鹿嶋の作り上げた嘘の謎は解けていなかった。

「再生を実行しない可能性だってあったんですよ。そうしたらあなたは殉職《じゅんしょく》してました。それを鹿嶋が、あらゆる方面に頭を下げまくって、あなたの命を再生させました。どういった思いで、鹿嶋がそこまでやったのか知りませんけど、あなた、もっと自分の命の大切さに自覚持ったほうがいいですよ」

滝本としても、こんな説教じみたことなど言いたくはないだろう。なのに言わせているのは、有利がまた無謀《むぼう》なことをしでかさないかと疑われているからだ。

「偽物の設定は、隊長が決めたのでしょうか？」

この質問に、滝本はすぐに返事はしなかった。そしてつまらなさそうに、デスクの上に置かれた不思議なモビールをしばらく見つめていた。

　どうやら滝本としては、有利が恋人というこの設定が気に入らないらしい。やはり鹿嶋に対して特別な感情があったのではないかと、余計な疑いを持ってしまう。

「演出家としてのセンスないですよね。設定がぼろぼろ綻《ほころ》びる。ま、鹿嶋なりに考えた、あなたを守るために最適な設定だったんじゃないですか」

「……守るために……何もそこまでしなくてもいいのに」

「そういった話は、鹿嶋としてください。こちらとしてお願いしたいのは、スポンサーとの兼ね合いもありますから、出来るだけ大人しくしていて欲しいんです。定期検診は必ず受けて、ともかく健康に生きている見本になってください」

　あえて言わないのか、滝本は有利の心臓再生の手順など、医学的に詳しい説明は一切しなかった。聞いたところで、有利には半分も理解出来なかっただろう。

　ただ自分の体が、特別なサンプルという意味はよく分かった。有利が成功例となったら、今後、要人や富裕層は銃撃に怯えることが少なくなる。脳を吹っ飛ばされない限り、生き延びられる確立は高くなるのだ。

　けれど誰もが再生手術を受けられるわけではない。特別な人間だけが延命を許されることになるのだ。手術を受ける富裕層の中には、マフィアのボスや麻薬王もいるかもしれない。そう思うと、ライフテログループの唱えることも一理《いちり》あると思えてしまった。

「思い出したことは、誰にも知られないほうがいいですよ。私と鹿嶋だけにしておきなさい。命を助けるのは大変だけど、奪うのは……実に簡単なんですから」

その通りだと、有利は深く頷く。

愚かな有利は、鹿嶋への思いが叶わないからと、自棄《やけ》になって敵の前に飛び出したのではなかったか。

目の前で部下に死なれた鹿嶋や、一人息子を若くして失った両親の悲しみなんて、何も考えていなかった。

結果的には皆が救われてよかったが、もう少し待てば仲間が集結して、効率よく敵を捕らえられたかもしれない。有利の独断でやってしまったことだが、そのために鹿嶋がすべての責任を取らされたとしたら、申し訳なさでいっぱいだった。

「隊長は今でも、ライフテロ対策の特別機動捜査隊勤務なのでしょうか？」

「そうですよ。降格されそうだったんですけどね、私がちょっと圧力掛けておきました」

そこで滝本は得意そうな顔をする。今の滝本だったら、何でも無理がとおるということなのだろうか。

「しかし、気になりますね。何がきっかけで思い出したんです？」

「えっ……いや、突然、ふっと思い出したんです」

セックスが引き金になったなんて、とても言えない。けれどそれしか直接の原因は思いつかなかった。

「記憶の操作なんて、無理があると私は思ってたんですけどね。一人の人生を仕切るとなったら、大変なことになると分かっていても、組織の人達は本気でやりたがりますから。しかもやれると思ってる医者がいるから、怖いんですよ」

バカにしたように言うのは、きっと自分の研究分野以外は認めないからなのだろう。傲《ごう》慢《まん》で嫌なやつに思えるが、やっていることは確かに素晴らしいことなので、反論するなど考えもつかない。

滝本の言う組織の人達のことに、今の有利は興味が湧かなかったが、鹿嶋が彼らに働きかけて、本来再生手術など受けられる筈もなかった有利を助けてくれたのだろう。

助ける条件が、健康に生き続けることなのだ。滝本が持っている有利の再生手術データは、いずれ途方もない価値を生み出すことになるのだから。

「ここにはね。生きたい人が来るんですよ。あなたみたいに、自ら死を選ぶような人じゃなくてね」

あの場面で滝本には、有利が死にたがっているように見えたのだろうか。

「せっかく生き返ったんだから、楽しんで生きてくださいね。ストレスは駄目ですよ。過激な運動とかも慎《つつし》んで」

セックスは過激な運動に該当しますかと聞きたくなったが、やはりここは黙っているべきだろう。それが良識《りょうしき》というものだ。

「助けていただいて、滝本先生には感謝しています」

「別に、いいんですよ。あなたも私を助けたんだから」

滝本を助けたということは、この先、心臓再生の手術を受けることになる患者のすべてを助けたということになる。

正義の味方、ヒーローみたいな活躍をしたのに、有利を賞賛《しょうさん》してくれる者は誰もいない。けれど有利は、そんなものはどうでもよくなっていた。

それよりも鹿嶋の本心を知りたい。センスのない演出家である鹿嶋が、有利の新しい人生を考えてくれたのはいいが、どうして有利の恋人役に立候補したのか教えて欲しかった。

病院内で誰にも会わなかった筈だ。あそこには特別な患者しかいない。新しい命を買えるだけの資産があり、生き延びることに意味のある人間だけだ。有利がそんな彼らの仲間になれたのは、病気ではなく銃撃で破壊された、貴重な第一号患者だったからだ。

領収書なんてものを貰ったが、何の意味もない体裁だけのものだろう。そういえば支払いに関しても鹿嶋がすべてやっていた。有利はただサインしただけだ。すっかり鹿嶋を頼っていたからだが、不信感を抱かせないために、そう仕向けていたのかもしれない。

家に戻ってしばらくすると、荷物が送られてきた。何かと思って開くと、子供のおもちゃのような大きさのロボットだった。

「あなたを二十四時間ガードします？　可愛い警備員見張るクンって……」

贈り主は鹿嶋になっている。

「自分の会社の製品だって、また嘘を吐くのかな……」

家電の操作、来客時インターフォンへの応答、目覚まし、簡単な日常会話、そんな機能がずらずらと書かれている説明書を見ながら、有利は悲しくなってくる。今朝、送り出したばかりなのに、鹿嶋に会いたくなってきて、余計に寂しくなってしまった。

「バカだな、俺。滝本先生に訊く前に、ちゃんと鹿嶋さんと向き合うべきだった」

嘘でもいいから、少しでも長く恋人でいたかった。けれど嘘を吐き続けることで、鹿嶋にも負担が掛かっている筈だ。

「無理にセックスさせた。愛情なんてなくても、割り切ってその気になればやれるもんな。俺……積極的だったし」

有利の体を心配していたが、本心は抱きたくなかったのかもしれない。そこまでして有利を守ろうとするのは、滝本にとって今回のことが成功例となるためだろうか。ついそんな穿《うが》った見方をしてしまう。

「一人でだって、生きていけるさ。見張るクン？　そうだな、おまえでもいいぞ。ペットとかロボットがいれば、寂しくなんてないさ」

スイッチを入れてみた。するとロボットの目は青く点灯し、可愛い声で喋り始めた。

『メッセージが入っています。再生しますか？』

「ああ、再生して」

『犬はまだ無理だから、しばらくこれで我慢してくれ。声紋《せいもん》と指紋《しもん》と顔を登録しておくと、それ以外の不審者が室内に入ってきたら、警戒音が鳴るようになってる。充電は自分でするから、餌《えさ》やりの心配もないよ』

鹿嶋の声だ。一人では寂しいだろうと思って、わざわざこんなものまで贈ってくる。その優しさが本物なのか、また滝本の利益のためなのか分からない。

『話し掛けると学習して、ちょっとした話し相手になってくれる。しりとりやらせると、結構強敵《きょうてき》だぞ。俺がいなくても、ちゃんと食事をするように……いい子で留守番していてくれ……愛してるよ』

「バカヤロー、この嘘吐きがっ！」

咄嗟にロボットを投げつけそうになってしまった。何とか自制したものの、涙がまた溢れてきて有利の顔を汚す。

「愛してるなんて、嘘を吐くなっ！」

血だらけの有利を抱えて、必死で走る鹿嶋の姿が浮かぶ。そして滝本に向かって、すべての責任は自分が取るから、どうか有利の心臓を再生して、生かしてやってくれと懇願する姿まで浮かんだ。

「鹿嶋さんは責任感が強いから……目の前で撃たれた俺に申し訳ないと思っただけなんだ。俺を助ければ、紛争地帯で助けられなかった病人に対する罪悪感が、少しは薄らぐのかもしれない」

『メッセージを再生しますか？　それとも消去しますか？』

「えっ……」

消去と言いかけた唇を閉じ、有利は辛くなると分かっていても言ってしまう。

「再生して……」

照れたのか、少しの間があって聞こえてきた愛してるの言葉。気が付いたら有利は、何度も再生をせがんでいた。

「愛してるよ？　そうさ、俺なんてもうずっと前から……ずっとずっと前から、鹿嶋さんのためなら、死んでもいいってくらい……愛してたんだ」

床に座り込み、膝《ひざ》を抱えていつか泣いていた。泣いても泣いても涙は溢れてきて、悲しみはいっこうに収まる気配がない。

「再生手術なんて、しなければよかったんだ。そうすれば……苦しまなくてよかったのに」

死んでしまえば、この苦しみからは解放される。そんなことを考えた罰《ばつ》だ。このままずっと、鹿嶋に対する思いを抱いて生き続けなければいけない。

『気分が悪いのですか？　１１９にメッセージを送りますか？』

突然ロボットに心配されて、有利は涙に濡れた顔を上げる。

「大丈夫だよ。心臓治したのに……心が治らないだけ」

『テレビを点けますか？　ゲームをしますか？』

「……いや、しばらくほっといて」

何だか心配性の鹿嶋が、そのままロボットになったかのようだ。そう思うと、自然と涙が消えていった。

「そうか……鹿嶋さんの代理で送られてきたんだものな。似てるわけだ」

ほっといてと言われたせいか、返事もせずにロボットはじっとしている。その目が青く光っているが、何も命じられなければ黙って待機していた。

「待機か……そういえばこの間、病院を見ていた男のこと……鹿嶋さんに言わなかったな。言えばよかったんだろうか」

なぜか言ってはいけないような気がして、本当に忘れてしまった。けれど今になって思い出して、有利は慌てる。

「そうか、言わないといけないのに、俺、いつも鹿嶋さんを前にすると、何も言わなくなっちゃうんだな」

最期の告白も、自分ではしていたつもりだった。けれど実際にはしていない。あれは夢だったから、自分の願望のままになっていただけだ。

「俺って、チキンだよな」

弱虫はチキンと言われて仲間達からバカにされる。そんな少年時代を過ごし、少しでも強くなろうと思って体を鍛《きた》えてきたけれど、肝心の心は鍛えられなかった。

「何か言ったら嫌われる。それが怖くて、一番肝心なことは何も言えなかった。言っても迷惑なだけだろうけど……言って、はっきりと断られたら、すっきり諦められたかもしれないのに」

記憶が戻らない間、自分はこんなぐじぐじした駄目男じゃなかった筈だと思っていた。けれどこれが本当の自分の姿だったのだ。

「スーパーヒーローに憧れるのは、自分が弱いって分かってるからだろうな。何かっていえばすぐに泣くし……」

そんな有利だから、いつでも冷静沈着、一時の感情に支配されない鹿嶋に惹かれたのだ。けれどいつも冷静な鹿嶋が、今回のことではミスをしたと思う。有利を大切にしてくれるのはいいが、あまりにも忠実な恋人ぶりを演じすぎている。

「鹿嶋さん、あんまり恋愛経験ないんだな。だから、加減が分からないんだ。そうだよ、やり過ぎなんだ……それとも、本気になったら、恋愛も一生懸命な人なのかな」

二人でこの家で過ごしたのはほんの数日だ。なのにもう何年も一緒に暮らしているかのように、親密で心地いい関係だった。もし本当に鹿嶋と付き合ったら、あんな日々が続くのだろうか。

「逃げなかったら、どうなるんだろう……」

記憶が戻ったことを告げた後で、本気の告白をしたらどうなるかが謎だ。これまでは有利が勝手に、記憶が戻ったらすべて終わりになると思いこんでいたが、もしかしたら奇跡は起こるかもしれない。

「鹿嶋さんの気持ちが、嘘じゃないとしたら……」

もう警察官として、鹿嶋と共に働くのは無理なのだ。事務官や通信担当としてなら働けるかもしれないが、鹿嶋と同じ部署に配属されることはあり得ないだろう。

すべてをなかったことにして、新たにただのルームメイトになろうとするのも無理だ。鹿嶋はそんないい加減さを受け入れるような男ではないし、有利も耐えられない。

ここで別れたら永遠の別れになってしまう。鹿嶋の姿を見ることすら叶わなくなってしまうのだ。

では、どうしたらずっと一緒にいられるのだろう。やはり本物の恋人同士になるしかない。ずっと抱いていた鹿嶋への想いを、恐れずに告白すべきだ。もし鹿嶋が受け入れてくれたなら、今度は鹿嶋が有利を失いたくないと思えるほど、完璧な恋人を目指せばいい。

「俺は……バカだ。逃げてばかりだった」

勤務の中で鹿嶋のために役立つことが無理なら、私生活で役立つようになればいい。鹿嶋が少しでも快適に暮らせるように、陰から支えることなら出来る。

「告白して、それでふられたら……そのときは、そのときさ」

不安はあるが、ここは心を強く持っていくべきだ。

「なぁ、見張るクン」

『はい』

話し掛けるまで全く動かなかったのに、名前を呼ばれると小さく首を傾ける。そんな動作はどこか人間らしくて愛らしかった。

「料理とかって、知ってる?」

『ご希望のメニューがありましたら、レシピをお知らせいたします』

「やるね。タブレットを見ながらやるのと、音声指導とどっちがいいかな」

『詳細な手順は、モニターのある機器でごらんください。映像をだしますか?』

「料理番組見ながらか……いいね、いいよ、それ。やって」

するとリビングに置かれたタブレットが点き、初心者向けの料理番組が始まった。

『それではまず、野菜の切り方の基本から始めましょう』

画面の中では、若くて綺麗なお姉さんが、エプロン姿で解説している。

「包丁か……よし、やろう」

有利は立ち上がり、キッチンへと向かう。これまでは料理なんてとバカにしてきたようなところがあったが、考え方を改めた。

「シェフでスーパーヒーローって、そういえばいないな。たいがい大金持ちの実業家とか、科学者、軍人、新聞記者とかだもんな」

アメコミの原作者には、どうやったらなれるのだろう。アイデアを山ほど書き込んで、出版社に送ってみようかななどと、急に思いついた。

「主人公は、記憶喪失のシェフなんだ。相棒はロボット。得意料理は……刺身」

キッチンに立ち、包丁を手にする。すると無敵なヒーローになったような、高揚感が湧き上がってきた。

鹿嶋と一週間離れているのは、以前の入院中にも何度かあった。そのときも辛かったが、数日とはいえ二人で暮らすようになった今、もっと辛いものになっていた。

どうやって記憶が戻ったことを伝えるか、考える時間が山ほどあったのだけは有り難い。有利としてはこのままでいたいが、鹿嶋はどうしたいのか。様々なシミュレーションをしてみたけれど、現実にどう答えてくるのか予想がつかない。

帰宅時間が近づくにつれて、心臓の鼓動が速くなってきた。

「落ち着け。ストレスはいけないんだから」

他人の心臓を移植するのと違って、拒絶反応はほとんどないという。有利自身、未だに自分の心臓が作り直したものだとは思えないほど、自然な感じで生活していた。

この調子なら、いずれスポーツなどもやれるだろう。けれど以前と全く同じくらいの体力を取り戻しても、復職は適《かな》わない。有利を生かしておかないといけない人達は、危険な職務に就《つ》くことを決して許さないからだ。

ネットの犯罪摘発なんて、在宅向けの仕事を用意してくれていたようだが、残念ながら有利という人間を読み違えていたようだ。現場で犯人を逮捕するのは大好きだが、ネットの中で犯罪摘発なんていうのは好きじゃない。

しかし驚くのは、それが駄目だとなったら、即座にコミック翻訳の仕事を持ってきたことだ。有利の命を守ろうとしてくれている人達は、余程大きな力を持っているのに違いない。望めばたいがいのことは叶えてくれそうだ。

しかしここで欲をかいては駄目だ。金や物を要求するようになったら、人間として最低だと有利は思う。それよりも欲しいのは、少しでも誰かの役に立てるような仕事だった。

そして仕事の次に欲しいのは家族だ。両親や祖父母に会いたい。そしてもう一度、家族として仲良く交流したかった。

さらに許されるなら、友人とも連絡を取りたいと思う。友人がいないなんてとんでもない。記憶が蘇ると同時に、何人もの友人の顔が思い浮かんだ。特に初恋の相手であるフレッドとは、今では親友と呼べる仲になっていた。九カ月も連絡をしていなかったら、何かあったのかと心配しているに違いない。

「もう二度と死のうなんてしないから、自分を取り戻したい……」

そして本当の自分になって、鹿嶋と暮らしていきたかった。

鹿嶋はいつでも時間に正確だ。何分後に帰ると知らせてきたら、必ずその時間に帰ってくる。だから玄関に座り込んで待っていた。そんな有利の横に、ロボットもちょこんと座っている。

「待ってる間、しりとりでもやる？」

『到着まで三十秒ですが？』

「やめとくか……」

ロボットは今ではいい相棒だ。これがあったから、独りぼっちの一週間も何とか乗り越えられた。こんなものをさりげなく贈ってくれる鹿嶋のセンスは、下手な演出家とは呼べない、上手い演出家のような気がする。

「ただいま……」

ドアが開き、帰ってきた鹿嶋は驚いた顔をする。有利だけでなく、ロボットまで出迎えてくれたからだ。

『お帰りなさい、鹿嶋さん』

「記憶させれば間違えずに相手を認証するんだ。犬並みに利口だろ」

いつもと変わらない鹿嶋がいる。けれど有利としては、これまでと同じように素直に接するのが難しい。どうしても緊張してしまう。

「お、お帰りなさい……」

「手を……洗うから、ちょっと待っててくれ」

照れたように微笑む鹿嶋を見ていると、まだ有利の記憶が戻ったことを知らないのだと分かった。どうやら滝本は、わざわざ鹿嶋に教えてやるほどお節介《せっかい》ではないらしい。

「んっ？　手、どうしたんだ？」

いつもなら手を洗うまで有利に触れることもしない鹿嶋なのに、思わず有利の手を取っていた。そうしたくなるほど、左手の指先はテープだらけだったからだ。

「刺身を極めようとしてたんだ。どうってことないよ」

有利は素早く手を引き抜き、鹿嶋がすぐに手を洗いにいけるように体をどけた。

「今日は何の刺身に挑戦したんだ？」

「にんじん……」

「そうか。活《い》きがよかったらしいな。派手《はで》に跳ねたんだろう？」

上着を脱ぐとすぐに洗面所で手を洗いながら、鹿嶋が冗談らしいことを言っている。穏やかに、たいして面白くもない冗談を口するのは、隊長であるときから変わらなかった。

「メールで夕食は用意するってきたけど、何が出るのかな」

「たいしたものじゃないよ。サラダとステーキ。レタスは手で千切《ちぎ》って、ベビーリーフとプチトマトを載せてあるだけ。付け合わせのにんじんとブロッコリーは、解体して茹でてあるから、後は肉を焼くだけ」

「凄いじゃないか」

「そう、凄いよね。やれば出来るんだってこれで分かった」

手を洗い、うがいもした鹿嶋が近づいてくる。すると有利の体は、自然と逃げるように下がってしまった。

「どうした？　まめに電話やメールしなかったから、拗《す》ねてるのか？」

「……」

記憶が蘇った後でも、デートした頃まではまた変わらず接することが出来たが、滝本に会っていろいろなことを聞かされたせいか、どうしても緊張してしまう。

「有利……」

手を伸ばしかけた鹿嶋の動きも止まってしまう。どうやら鹿嶋も不審に思い始めたようだ。ここで話してしまいたいが、せめて食事だけは仲良く食べたい。そう思うと、何も言えなくなっていた。

「休みは明日だけだ。明後日《あさって》には、また大阪に戻る。言いたいことがあるんなら、今のうちだ」

「えっ……」

「あるんだろ？」

「……申し訳ありませんでした。自分のせいで、隊長には多大なご迷惑を掛けてしまい、お詫《わ》びのしようもありません」

九十度腰を折って頭を下げた。

ついに言ってしまった。これですべては終わりになってしまう。もう少し、言い出すタイミングを考慮してもいいのに、敵の前に飛び出したときと何ら変わらない。後先考えずに、行動してしまうのは有利の欠点だ。

「そうか、思い出したのか。だろうと思った」

「……えっ……」

有利は顔を上げて、思わず鹿嶋の表情を窺《うかが》ってしまった。

怒っているかと思ったが、そんなことはなかった。変わらず優しい表情で、鹿嶋も有利を見つめている。

「メールも電話も、どこかよそよそしかったものな。いつ思い出した？」

「本当は……大阪に発たれる前の土曜の夜に」

「俺も嘘吐きだが、君もたいしたものだ。全く気付かなかった」

「黙っていて、申し訳ありませんでした」

せめて一日でいい、元に戻った自分で、鹿嶋を独占したかったのだ。日曜は一日鹿嶋といて、本当に楽しかった。最高の思い出が出来たのだから、黙っていたことは見逃して欲しい。

「謝らないといけないのは俺のほうだ。酷い嘘を吐いた。ご両親は健在《けんざい》だ。祖父母も変わらず元気に暮らしている。亡くなったなんて言って、辛い思いをさせたな」

「いいえ、それもみな、隊長が私の身を案じてのことだと思いますから」

「メディアに君のことがばれるのを恐れて、一年間は連絡をしないようにと、電話番号を変えて貰ったんだ。後で教える。連絡するといい」

鹿嶋はそのままリビングに戻り、上着のポケットからスマートフォンを取り出す。その背中が寂しそうに見えたのは、有利の考えすぎだろうか。

「アメリカのご両親の元に行くことは、申し訳ないがもうしばらく我慢してくれ」

番号を見つけ出し、鹿嶋は画面をじっと見ている。そして小さくため息を吐いた。

「怒ってるだろうな。俺は……演出家としては最低だった」

「い、いいえ、隊長は、私のようなもののことを、よく知っていてくださり……」

そこで鹿嶋は有利の言葉を遮《さえぎ》った。

「待ってくれ、有利。いつものように話してくれよ。俺はもう君の上官じゃない」

「私は、もう離職したのでしょうか？」

「ああ、病気で退職ということになっている」

それはそうだろう。六カ月も意識不明で、その後の三カ月は記憶喪失だ。とうに退職させられている筈だ。

「分からないんです。もう上官でないのなら、どうして、隊長、いえ、鹿嶋さんは、俺を引き取ったんですか？　しかも……恋人のふりまでして」

何か思うことがあるのか、鹿嶋はそこで冷蔵庫に向かい、中からビールを取りだした。飲まないとやっていられない、そんな心境《しんきょう》になったのだろうか。

「滝本先生と会って話しました。高校からの友だちだったんですね。失礼覚悟で言わせてください。もしかして、滝本先生を守るために……こんな役を引き受けられたのですか？」

その質問に鹿嶋は怪訝な顔をする。どうしてここで滝本が出てくるのか、分からないといった様子だ。

「滝本なら、もう十分に守られている。国益《こくえき》に繋がる研究をしているからな。俺をライフテロ対策の特捜に推挙《すいきょ》してくれたのはあいつだが、それと有利のことは別だ」

鹿嶋が隠していたから、余計に二人の関係を疑ってしまって嫉妬しているのだ。そういった面倒くさい恋愛絡みの感情は、鹿嶋には分からないのかもしれない。

「だったら、どうして？」

「考えてみてくれ。目の前で、可愛がっていた部下が撃たれたんだぞ。すべて、俺の指導不足が原因で」

「ちっ、違います。鹿嶋さんは悪くない。俺が、俺が自棄になってバカやって、勝手に暴走したんです。悪いのは俺なんです」

自棄になってもしょうがないではないか。鹿嶋はこれまで会った男達の中でもとびきり魅力的なのに、上官でその上恐らく男になんて興味がないのだ。

どう足掻いても、決して手に入らない。

思えば思うほど、叶わない思いに苦しむことになる。

「悪いのは俺です。叶わないと知っていて、鹿嶋さんに惚れました。そして最後に、あんな形でしたが、自分でけりを付けようとしたんです」

「そこまで追い詰められていたのに、気付いてやれなかったのは俺の責任だ」

あくまでも鹿嶋は、自分のせいにしたいらしい。いくら責任感が強くても、それはやりすぎに有利には思えた。

「だからって、どうしてこんな設定にしたんですか？　記憶が戻らないときは、本当に幸せでした。なのに……夢から醒めたら、みんな嘘だったなんて。皆を助けるために、犠牲になった部下に対しての、これが、鹿嶋さんの謝罪方法だったんですか？」

自制心に欠ける有利は、話し出したらもう止まらない。鹿嶋を責めるつもりなんてなかったのに、ついきつい言い方になってしまった。

「そうだ、精一杯の謝罪方法だ。有利のことは、一生面倒見るつもりでいる」

「義務感からしてるんですか？　俺なんて、この先、なんの役にも立たないのに、そこまでやるんですか？」

「それは誤解だ。他にいくらでも守る方法はあった。なのにこの設定にしたのは、有利にとって一番いい方法だと思ったからだ。だが有利は、俺と一緒に暮らしてみて、思っていたような男じゃないとがっかりしてるんじゃないか？」

肝心のことが分からないままで苛立つ。どうしてこの同棲が、一番いい方法だと鹿島は思ったのか。そこを知りたいのだ。

「いいえ、そんなことはありませんが……」

「お婆《ばあ》ちゃんみたいに口うるさいし、心配性だ。おまけにセックスは下手だときてる。失望しただろ」

「……なっ……何で、そこ？」

猛烈《もうれつ》にビールが飲みたくなってきて、アルコールは心臓によくないと知りつつ、鹿嶋の手から奪い取って一口飲んでしまった。

「本当はやりたくなかったんでしょ？　だから何とか回避しようとしてたのに、俺が無理に迫ったから、ああなったんで、別に鹿嶋さんが下手だなんて俺は言ってないだろ」

「女性との経験は多少あるが、男相手は初めてでな。最初は、どうやるのかよく分からなくて焦った」

有利の手からビールを奪い返すと、鹿嶋は残りを一気に全部飲み干してしまう。そうしないと有利がまた飲んでしまうと思ったようだ。

「だから、恋人なんて設定にしないで、ルームメイトにしておけばよかったんだよ」

「俺が、恋人にしたかったんだ」

「……どうして？」

「どうして？　そうだな、どうしてなんだろう。有利が目の前で撃たれた瞬間、何かとんでもないものを失ったように感じたから。そんな説明じゃ駄目か？」

駄目に決まっている。そんな曖昧な答えは鹿嶋らしくない。むしろ有利の信頼を得るためには、それしか思いつかなかったとか、もっともらしい答えはいくらでもあった筈だ。

「有利が撃たれた後、連絡先を調べるのにスマホを見せてもらった。そうしたら頻繁にやりとりしてる彼が見つかって……会いに行ったんだ」

「フレッド？」

「ああ、君のガールフレンドは、赤毛の色男だな。見かけはとってもマッチョなのに、話すとレディなんで驚いたよ」

フレッドに会ったなんて、鹿嶋は一言も口にしていない。言ってくれなかったのは腹が立つが、有利がフレッドを思い出したのもつい最近のことだから、ここは責められなかった。

けれど問題なのは、フレッドには鹿嶋に対する思いを、すべて包み隠さず話してしまっていることだ。有利より乙女要素の強いフレッドは、人の恋愛話を聞くのが大好きで、何度も鹿嶋のことを話して聞かせている。

これで謎が一つ解けた。有利が鹿嶋へ寄せていた想いや願望は、すべてフレッドを通して伝わっていたのだ。

「彼から聞かされるまで、そんなに思われているなんて知らなくてな。何かは感じていたけれど、有利は部下で……男だ。可愛いとは思っていたが、それ以上の特別な感情で見ることが自分で許せなくて、辛い思いをさせてしまった」

「俺が玉砕《ぎょくさい》覚悟で告白してればよかったんだよ。だけど、出来なかった。鹿嶋さんは、男になんて好かれたくないだろうし、俺の上官だったから、ふられるの分かっていたし」

気が付けば鹿嶋はすぐ側に来ていて、有利の頬を捕らえて上を向かせてくる。こうなるともう逃げられない。ならばいっそと有利も鹿嶋の腰に腕を回していた。

「俺のために死のうとした。そこまで愛されていると知って、俺は嬉しかったんだ」

この告白は嘘ではない。滅多に感情を表に出さない鹿島の目が、少し潤《うる》んでいるのが何よりもの証拠だ。

「俺を助けて、自分は思い出の人になるつもりだったのか？」

「……そうだよ。バカだよね。ずっとその後ろ姿を見ているだけでもいい。生きていれば、いつか奇跡が起こるかもしれないって、どうして思えなかったんだろう」

「生き返ったから、奇跡が起きたじゃないか」

ついに鹿嶋の顔が近づいてきて、そのままキスになった。

おかしい、別れることになると構えていたのに、そんな展開には一向にならない。むしろ有利が夢見たように、このまま二人の関係を続けていけそうになっている。

「鹿嶋さん、無理してない？」

「何を無理してるんだ？　キスが苦手なのは本当だけど、最近は少し慣れてきた」

「そうじゃなくて……本当に俺でいいの？　よく考えて、そんなに優しくされたら、俺は、俺は、もうこれが嘘だなんて思えなくなっちまう」

「嘘はもう一つだけだ。未だに俺は警察官で、ライフテロ対策をしながら、警備にロボットを導入する件で主任をやってる」

　そこで有利は、足下でじっとしている小さなロボットを見つめた。動かないとただのおもちゃのように見えるが、小さいながらとても優秀な相棒だ。

「優秀な警察官をこれ以上失《いた》いたくない。ライフテロ対策本部は、もっとも優秀な射手《しゃしゅ》を失ったんだ。損失は痛手《いたで》だが、頼むから、元気になったから現場に復帰したいなんて言い出さないでくれ」

「あっ！」

　そこでやっと有利は、あの男のことを思い出した。他のことは覚えているのに、あの男のことになると、記憶が勝手に拒むらしい。

「そういえばいたんだ。退院した翌日、公園から病院を撮影してた」

「ああ、パトカーのサイレンが聞こえただろ？　あの男ならもう逮捕したから心配しなくていい」

「逮捕したんだ？」

「病院のカメラに顔がちらっと映ったんだ。以前、麹町に現れたテロリストの一人だった。事件がニュースにならなかったから、見つからないと安心して、再度滝本を狙うつもりでいたようだな」

それを聞いてほっとした。これで安心して公園まで一人でいける。それともまた同じ顔をした、別の男が現れるのだろうか。または同じ顔ではもう上手くいかないと悟って、全く知らない敵が現れるのかもしれない。

「やつらの狙いは滝本だけじゃない。入院している大物達もだ。ライフテロの目的は、命の平等なんて口にしているけど、実態は暗殺集団なのさ。長生きしたい人間が入院しているが、長生きして欲しくない人間もいるってことだ」

「俺が狙われてるのかと思ったけど、違ったんだね」

「どうかな。貴重な成功例だから、安心してもいられない。匿《かくま》うのなら、俺が恋人としてずっと見守ろうと思ったんだ。有利の理想の恋人になって、毎日幸せに過ごせるようにと思ったけど……難しいもんだな」

そんなことはない。鹿嶋は相変わらず理想の恋人のままだ。有利はそんな思いを伝えたくて、ぎゅっと抱き付いた。

「このまま、一緒に暮らせる?」

「有利が望むなら」

望まない筈がない。潤んだ瞳で見つめる有利の頬を、鹿島は何度も優しく撫でてきた。

「半年間、毎日、眠ってる有利を見ていた。生き返ったら、あんなこともこんなこともしてあげようなんて、いろいろと考えてたのに、まだ何もしてない」

「デートしたじゃないか？　プレゼントも貰った。それに……」

抱いてくれたじゃないかと言いたかったけれど、キスすることにした。熱烈なキスをする。もう何にも怯えることはない。願いは叶ったのだ。

「鹿島さんに、出て行くって言われるかと思った……」

「ベッド、買ったばかりだ。しかもキングサイズだぞ。あんなの持って引っ越したくない」

有利が撃たれた瞬間に、新しい運命がスタートしたのだ。そこにはこれまで夢でしかなかったものが、次々と現実となって押し寄せてくる。最高の恋人と、大きなベッドでまどろむのは、まさに夢そのものだ。

口中に舌を差し込み、鹿嶋の唇を貪《むさぼ》った。どんな豪華《ごうか》な料理より、有利にとっては美味だった。

「困った。ステーキは、とても魅力的なんだが……」

唇が離れると、鹿嶋は照れたように言ってくる。そして何気なく、下半身を押しつけてきた。

「やる必要がないと、たまにしか起動しないのにな」

「鹿嶋さん、いつもその気がなさそうだったけど」

「自制心があるから……でも、もう自制する必要はないだろ？　嘘は吐かない。自分の気持ちに正直にいくことにした」

その部分に手を伸ばし、有利は鹿嶋の興奮を楽しむ。そして一週間離れていた飢えを痛《つう》切《せつ》に感じた。

「本当に困ったね。俺、元から自制心ないから、今夜はエンドレスになりそう」

「いいか、元気になっても、エンドレスなんていうのは駄目だ」

そこで鹿嶋は、有利のシャツをつるんと脱がしてしまう。リビングで大胆にそんなことを鹿嶋がするとは思わなかったから、有利は驚いた。

「有利の人生を幸せにするなら、これは絶対に外せないことなんだろ？」

「そ、そうだけど、何かいきなりでどきどきする。鹿嶋さん、また俺をだまそうとしてるのかな？」

「嘘は吐いてない。これが、本当の俺の気持ちさ」

困ったことに嘘のない本物の鹿嶋は、以前よりもずっとワイルドで、ますます有利の好みになってきている。ステーキなんて焼いている場合じゃない。自分の身が、思いの強さで焼け焦げそうだった。

「ベッドルームまで、抱いていくか？」

「えっ……」

　そこでいきなり鹿島は、有利を横抱きに抱え上げてしまう。そしてベッドルームまで運び始めた。

「軽くなったな……初めて抱え上げたときは、もっと重かったのに」

「も、もう少し、マッチョのほうが好き？」

「元気なら痩せていても構わない。メタボだけは駄目だ。鍛えさせたくなってくる」

「絶対メタボ体型にはならない。約束する」

　鹿島に男の好みを訊いたところで、答えようがないだろう。何しろ鹿島にとっては、有利が初めての男なのだから。

「健康で一年過ごせば、以前のように自由に暮らせるんだ。だから頑張れ」

「分かってるよ。それにはストレスためたらいけないらしいね。鹿島さん……」

　そこで有利は、意味ありげにじっと鹿島を見つめた。すると鹿島は、困ったような顔になった。

「家にいれば、ストレスもたまるだろうが……やり過ぎは危険だ」

　ベッドルームに入ると、鹿島はそっと有利をベッドに横たえる。そんな態度には、まだ病人として心配しているのが感じられた。

「鹿島さん……ワイシャツ、古くなったのすぐに捨てないで」

「いきなり何だ？」

「夢があるんだ……。鹿島さんが着ているワイシャツ、そのまま脱がさずに引き裂きたい」

さすがにこの申し出は意味が分からないのか、鹿島は怪訝そうな顔になった。

「引き裂きたい？」

「鹿島さんに出会ってから、俺、誰ともセックスしてないよ。ずっと鹿島さんをおかずに妄想してた。そのうちの一つ……ワイシャツ破いて、ネクタイだけにして……そのネクタイ引っ張って、無理矢理キスして」

そんなことを話しているだけで、有利はもうかなり興奮してしまっている。

鹿島はしばらくの間押し黙ったまま、有利のジーンズを脱がせることに専念していた。

そして脱がせてしまうと、今度は自分のネクタイを緩め始める。

「破きたければ破いてもいいが……その、おかしな妄想のネタはどれくらいあるんだ？」

「数え切れないほど……」

「全部、実行するつもりか？」

そんな素敵なことになったらどうしようと、有利はどきどきしながら鹿島を脱がせ始める。けれど真新しいワイシャツを引き裂くことはしなかった。

「全部だと、何年もかかるよ」

鹿島のベルトを外しながら、有利は笑い出した。一度笑い出すと、なかなか止まらない。しまいには泣き笑いになっていた。

「変態だと思ってる？」

恥ずかしい告白をしてしまった。けれど有利には、そうやって妄想の鹿島と愛し合うしかなかったのだ。

「少しな……出来れば、実行するのはあまり過激じゃないのだけにしてくれ」

「こうやって普通に愛し合えるなら、妄想なんていらないんだ」

鹿島の体に腕を回して抱き寄せる。そして唇をむさぼった。

ついに本当に結ばれた。嘘のない、ありのままの自分で鹿島に愛されている。

まだ鹿島の手には、戸惑いが感じられる。どうやって有利を喜ばせたらいいのか、考えているのだろうか。

余計な技巧なんて今はいらない。情熱だけ注ぎ込んでくれればいい。有利は鹿島のものを、自分のその部分へと導く。

「ああ……欲しくて、たまらない。鹿島さんの気持ちが本物かどうか、確かめさせて」

「これでいいか？」

先触れの蜜のぬめりだけで、鹿島は強引に有利の中への挿入《そうにゅう》を試みる。力強く入ってくるものを感じた途端に、有利は仰け反っていた。

「あっ……あああ」

妄想とは明らかに違う。名前程度しか知らない相手との、味気ないセックスとも違っていた。待ち望んでいたのはこれだ。心底惚れた相手に抱かれること。それ以外の何ものでもない。

「んっ……いい……ああ」

「いいのか？　いつもこうして楽しみたいだろ。だったら、約束しろ。もう二度と、俺のために命を投げ出すような、馬鹿な真似はしないって」

「あっ……ん……や、約束するから」

「そうだ、生きていてくれればいいんだ……」

鹿島は有利を強く抱きしめ、激しく腰を打ち付けてくる。その動きに有利は、鹿島の思いを強く感じていた。

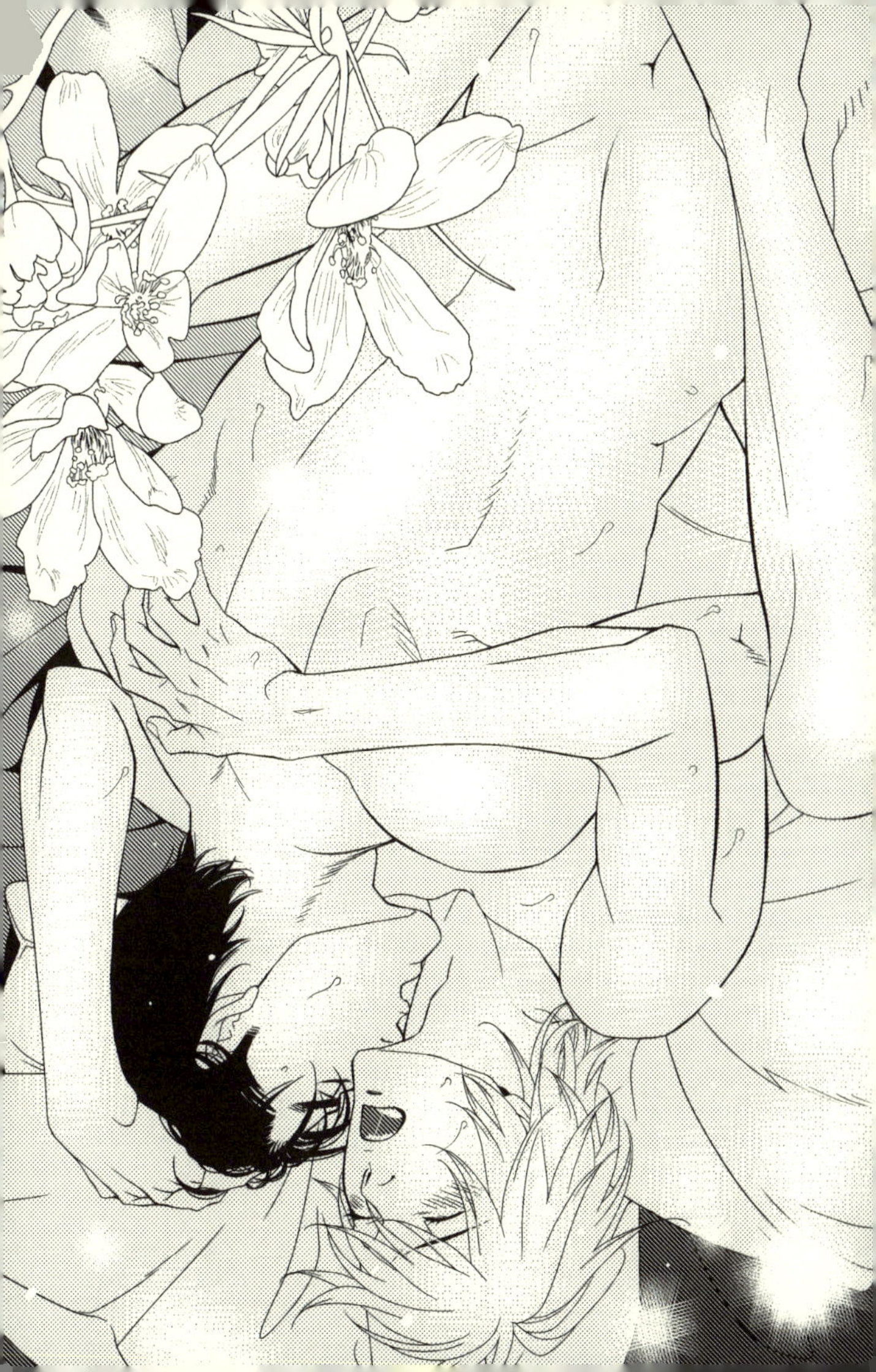

そして約束の一年が過ぎた。

検査を終えた有利は、滝本の満足そうな笑顔を見つめる。

「よく辛抱《しんぼう》出来ましたね。もっと自暴自棄《じぼうじき》になるかと心配してたんですよ。鹿島の監督がよかったらしい。理想の数値、まさに健康そのものですよ」

「ありがとうございます」

そのとおり、すべて鹿島のおかげだ。うるさいくらい有利を心配してくれる鹿島がいなかったら、とっくにぼろぼろになっていただろう。

「日本では、滅多に出ない患者ですからね……」

続く言葉を、滝本は飲み込んだ。あなたが撃たれてくれたおかげで助かったとでも、言いたかったのだろうか。

「仕事はどうですか？」

「はい……滝本先生は興味ないかと思いましたけど、とりあえず、持ってきました」

アメリカの出版元にアイデアをいくつも送り、ついに採用されたのがこの一冊だ。ヒーロー達の職業はシェフで、いつもは普通に店で働いている。アメリカのマッチョなヒーローはステーキ、日本刀を振り回す日本人は寿司、フレンチは女性で、イタリアンは女に弱いイケメン、カンフーの達人は中華となっている。

毎回、それぞれの得意な料理が事件と絡むことになっていて、その中でさらに若年層の食育《しょくいく》を狙っている。つまりはジャンクフードばかり食べてないで、野菜もちゃんと食べようというようなものだ。

「売れたら、テレビドラマにしてもらえるかもしれないんです……いや、映画かな」

夢を語ることは恥ずかしくない。今ここでこうしていられるのも、少年時代のヒーローになりたいという夢が、導いてくれた結果なのだから。

「誰かモデルはいるんですか？」

滝本に訊かれて、有利は返事に詰まる。

実はアメリカのステーキ男のモデルは、鹿島なのだ。見かけはマッチョでクールだが、実は世話焼きタイプで真のリーダーというところが、そのまま鹿島だった。

「原作者は、どのキャラにもなれます」

「なるほどね。こういった物語の中で暴れるのは、いくらやってくれても構いません。それよりも現場に復帰したいなんて言われたら、困りますが」

パラパラとコミックをめくっていた滝本は、ほっとした様子で言った。心臓の不調によって死なれたら大変だが、それ以外の理由で死なれたらもっと困るというのが本音だろう。

「ゲームやコミックだと、簡単に生き返れるけど、現実はそんなに簡単じゃない。心臓を作り直すのに半年もかかるのでね。しかも治療費がもの凄くかかる。命は……粗末《そまつ》にしちゃいけませんよ」

滝本は有利に向かってというより、独り言のようにして呟いた。

「医療ネタが必要なときは、いつでも質問しにきてください」

「えっ？　い、いいんですか？」

クールな滝本が、そんなことを言い出すとは意外だった。社交辞令《しゃこうじれい》など口にするようなタイプではないから、どうやら本心からの言葉のようだ。

「命の恩人ですから」

「えっ、いいえ、それは……」

滝本を助けたかっただけじゃない。鹿島を助け、そして自分の恋を終わらせたかったのだ。けれどそんなことを滝本に言うより、ここは恩を売っておいたほうがいいのかもしれない。

「滝本先生、よければうちに食事に来てください。減塩でもこんなに旨いのかって料理、ご馳走《ちそう》しますよ」

有利の誘いに、滝本は不思議そうな顔をする。

「鹿島さんとも話が合うだろうし」

かつては誤解し、勝手にライバルだと思った滝本を、自宅に招待している。それだけ有利にも、余裕が出てきたという証拠だ。

目覚めてからでも一年以上の付き合いになるのに、滝本のことはまだあまり知らない。プライベートはほとんど話さないからだ。

「私……護衛《ごえい》が付いてるんですけど、彼らも一緒でいいですか？」

「も、もちろんです」

彼ではない、彼らだ。では最低でも三人ということだ。

ふと有利は考える。あれから友情の復活した、乙女マッチョの友人も誘ってやろうと。滝本の護衛となれば、鹿島なみのマッチョに違いない。乙女マッチョのフレッドは、きっと大はしゃぎして喜ぶことだろう。

勝手に決めて鹿島に怒られるだろうか。いや、そんなことはない。

有利に対しては、いつでも甘い恋人になっていたからだ。

あとがき

この本をお手にとっていただき、ありがとうございます。この作品同様、ある日目が覚めたら、素敵すぎる殿方（私の場合は宇宙人のジョーンズ氏）が、当たり前のように側にいてくれたらと、妄想している毎日です。

記憶がポイントの話ですが、皆様、記憶力は大丈夫ですか？

私はよく瞬間記憶喪失になってます。映画俳優の名前とか、作品タイトルなど忘れることもしょっちゅう。そんなときには、あの猿みたいな顔の俳優とか、有名俳優の従兄弟みたいな顔の人とか、とんでもないことを口走りますが、それでも通じてしまうのが不思議なところですよね。

そして相手も名前が浮かばないまま、結局、仮の名前でずっと話していていたりして、最後のほうでやっと思い出したりすることが多々あります。

記憶力を鍛えるためには、すぐに調べてしまうより、自力で思い出すよう努力したほうがいいらしいですね。ところが最近は便利なもの、スマートフォンとかタブレット、そしてパソコンなどがありますから、つい頼ってしまいがち。

これがますます記憶力を弱めていくのではないかなどと、つい考えてしまいます。ところで私はあまり写真を撮りません。記録より記憶、そう思ってるんです。ま、写真データの管理など、得意でないせいかもしれませんが。

　レストランで食べた料理を撮ることもないのですが、滅多に忘れたりしません。何しろ食いしん坊ですから、脳内に食べ物データスペースがあるようです。このスペース、他のことにももっと活用すればよさそうなものですが……。


　イラストお願いしました、亜樹良《あきら》のりかず様。アメコミ風色男をありがとうございます。日本のヒーローものには、どうしてこの手のイケメンがいないのかと、キャララフ見ながらため息吐いておりました。

　担当様、いつもお世話になっております。今回はわりと優等生？　かな？

　そして読者様、皆様の記憶に残る作品をと、常に心がけておりますが、何かのおりにお話の中のワンシーンが、ふと思い浮かんだりすることがありましたら、作者としては何よりもの喜びです。

剛　しいら拝

初出
「恋人は嘘を吐く」書き下ろし

CHOCOLAT
BUNKO

この本を読んでのご意見、ご感想をお寄せ下さい。
作者への手紙もお待ちしております。

あて先
〒171-0021東京都豊島区西池袋3-25-11 CIC IKEBUKURO BUIL 5F
(株)心交社　ショコラ編集部

恋人は嘘を吐く

2014年11月20日　第1刷

著　者:剛しいら
発行者:林 高弘
発行所:株式会社　心交社
〒171-0021　東京都豊島区西池袋3-25-11
CIC IKEBUKURO BUIL 5F
(編集)03-3980-6337 (営業)03-3959-6169
http://www.chocolat_novels.com/
印刷所:図書印刷 株式会社

変態いとこは黒ヒョウに夢中

白露にしき

イラスト・サマミヤアカザ

従弟、4歳で目覚める。

日本で幼少時代を過ごし、大学進学を機にアメリカから帰国した従兄弟のジェンキンス太郎と同居することになった大学生の空木修司。美形な男前に成長した太郎は再会した修司に「きれいだ！萌え！」と大興奮。幼稚園児のときにお遊戯会で修司が演じた『黒ヒョウ』の思い出を熱弁され、あまりの熱さに内心引いたが、慕われるのに悪い気はしなかった。その後順調な同居生活を始めたのだが修司はある物がなくなっているのに気づき…。

小説ショコラ新人賞 原稿募集

賞金

大賞…30万
佳作…10万
奨励賞…3万
期待賞…1万
キラリ賞…5千円分図書カード

大賞受賞者は即デビュー
佳作入賞者にもWEB雑誌掲載・
電子配信のチャンスあり☆
奨励賞以上の入賞者には、
担当編集がつき個別指導！！

第九回〆切
2015年4月10日(金) 消印有効
※締切を過ぎた作品は、次回に繰り越しいたします。

発表
2015年7月下旬 小説ショコラWEB+にて

【募集作品】
オリジナルボーイズラブ作品。
同人誌掲載作品・HP発表作品でも可（規定の原稿形態にしてご送付ください）。

【応募資格】
商業誌デビューされていない方（年齢・性別は問いません）。

【応募規定】
・400字詰め原稿用紙100枚～150枚以内（手書き原稿不可）。
・書式は20字×20行のタテ書き（2～3段組みも可）にし、用紙は片面印刷でA4またはB5をご使用ください。
・原稿用紙は左肩をクリップなどで綴じ、必ずノンブル（通し番号）をふってください。
・作品の内容が最後までわかるあらすじを800字以内で書き、本文の前で綴じてください。
・応募用紙は作品の最終ページの裏に貼付し（コピー可）、項目は必ず全て記入してください。
・1回の募集につき、1人2作品までとさせていただきます。
・希望者には簡単なコメントをお返しいたします。自分の住所・氏名を明記した封筒（長4～長3サイズ）に、82円切手を貼ったものを同封してください。
・郵送か宅配便にてご送付ください。原稿は原則として返却いたしません。
・二重投稿（他誌に投稿し結果の出ていない作品）は固くお断りさせていただきます。結果の出ている作品につきましてはご応募可能です。
・条件を満たしていない応募原稿は選考対象外となりますのでご注意ください。
・個人情報は本人の許可なく、第三者に譲渡・提供はいたしません。
※その他、詳しい応募方法、応募用紙に関しましては弊社HPをご確認ください。

【宛先】 〒171-0021
東京都豊島区西池袋3-25-11
CIC IKEBUKURO BUIL 5F
（株）心交社　「小説ショコラ新人賞」係

CHOCOLAT BUNKO